Les exilés de Montparnasse

(1920-1940)

Jean-Paul Caracalla

蒙帕纳斯的流亡者

[法]让-保尔·卡拉卡拉 著

管筱明 译

作家出版社

献给朋友

米歇尔·代翁

一个作家描写事实的准确程度应该提得这样高，以至于他从自己的认知出发所创作的东西，应该是一个比确切事实还要真实的叙述。

—— 欧内斯特·海明威

一

"美国是我的故乡，巴黎是我的家。"格楚德·斯泰因①不再违背这个选择。在德军占领时期，当犹太人纷纷逃避种族灭绝法的时候，这位后来给年轻的美国文学带来启示的泼辣女子却留在法国。

1903 年，格楚德·斯泰因从加利福尼亚的奥克兰来到巴黎。这个矮小女子身材敦实，体形粗壮，举止、神态、声调都像男人，并有同性恋倾向。与她同来的是兄弟利奥②。利奥是位画家，戴着一副金边眼镜，目光狡黠，蓄着摩西式的长髯，颀长的身材懒洋洋的，打不起精神。他后来尤其是以一个老谋深算的现代艺术收藏家而显露头角的。两姐弟没有分开，一起在弗勒吕斯

---

① Gertrude Stein, 1874—1946, 作家与收藏家，生于美国宾夕法尼亚的阿勒格尼，卒于巴黎。——原注
② Leo Stein, 1872—1947, 美国画家，艺术收藏家。——原注

街二十七号院一幢带画室的两层小楼安顿下来。街道一边是拉斯帕依大马路，一边是卢森堡公园。格楚德和利奥两姐弟经常参观巴黎的画展与画廊。此时他们虽未发迹，手头却还是有些银两，可以满足自己的艺术爱好。在艺术史家伯恩哈特·贝伦森①的指导下，利奥研习了一段时间的佛罗伦萨画派，也是在这位同胞的建议指点下，他们一同前往拉斐特街六号的安布卢瓦兹·沃拉尔画廊，买了几幅雷诺阿、高更和塞尚的作品。

1905 年，蒙帕纳斯这个各种风格、各个流派画家杂居的地方显现了一些新的绘画倾向，后来这些倾向在大宫的秋季沙龙上得到了表现。格楚德和利奥两姐弟在这届沙龙上发现了过激的色彩画家——纯色彩的狂热信徒，他们的作品集中陈列在第七展厅。这个展厅又名"猛兽笼"，得自《吉尔·布拉斯》杂志的艺术批评家路易·沃克赛勒②。后者在这些颜色鲜艳的油画中发现了阿尔贝·马克的一尊新佛罗伦萨风格青铜雕塑，不禁大呼："猛兽中间的多那太罗③！"

马蒂斯、布拉克④、凡·东根⑤、杜飞⑥、德兰⑦、弗拉芒

---

① Bernhard Berenson, 1865—1959, 原籍立陶宛的美国艺术批评家，意大利文艺复兴时期绘画的专家。——原注

② Louis VauxCelles, 1870—1943, Louis Meyer 的笔名。——原注

③ Donatello, 1386—1466, 文艺复兴早期意大利著名的雕塑家。——译注

④ Georges Braque, 1882—1963, 法国立体派大师。——原注

⑤ Van Dongen, 1877—1968, 法国画家。——译注

⑥ Dufy, 1877—1953, 法国画家。——译注

⑦ Derain, 1880—1954, 法国画家。——译注

克①、马尔凯②、弗里茨③、芒更④、普伊⑤、瓦尔塔⑥的油画引起大哗。它们激起了保守的观众、多少听命于官方艺术的批评家和谄媚学院派艺术家的愤怒与轻蔑。

印象派点燃的大火刚刚扑灭，最后一个绘画消防队又再次动员，要筑起最后一道抵抗"原始主义与野蛮主义"的防火墙。

利奥先是被年轻的绘画革新者弄得不知所措，接着被他们征服了。他在沙龙闭展之前花五百法郎买了一幅马蒂斯的作品。过了几天，《戴帽的女人》就挂到了弗勒吕斯街画室的墙上⑦。同在墙上的还有塞尚、高更、雷诺阿、图卢兹－劳特雷克、莫里斯·德尼的作品，还有一幅马奈的小画。

通过亨利－皮埃尔·罗舍⑧引介，格楚德和利奥进入了整个巴黎的美术界，于1905年秋天结识了帕勃罗·毕加索。格楚德与毕加索交了朋友。他们一同尝试说明自己艺术基础的特点，对新画家有同样的偏爱，不过他们评价别人的作品也同样不留情面。在长时间的讨论中，格楚德努力说服毕加索，说他们做的是共同的尝试。"帕勃罗是用颜料来描绘抽象的画像，我则是

① Vlaminck，1876—1958，法国画家。——译注
② Marquet，1875—1947，法国画家。——译注
③ Friesz，1879—1949，法国画家。——译注
④ Manguin，1874—1949，法国画家。——译注
⑤ Puy，法国画家。
⑥ Valtat，法国画家。
⑦ 此画完成于1905年，现藏于旧金山现代艺术博物馆。利奥购买时与马蒂斯讨价还价，马蒂斯不肯让价。——原注
⑧ Henri－Pierre Roche，1874—1959，法国作家，著有小说《儒勒与吉米》、《两个英国女人和大陆》。——原注

用我的表现方法——词语。"

他们成了真正的同谋。他们操着不太地道的法语，在舌战中闹了不少笑话。毕加索对这位新女友的人格非常感兴趣，决定给她绘一幅肖像。

格楚德每天去拉维壤街十三号毕加索的洗衣船画室，摆出姿势让毕加索画像。她坐在一把摇摇晃晃的扶手椅上，周围摆着一幅幅大油画，这都是毕加索从街头卖艺末期开始创作的作品。费尔南德·奥利维埃[①]在一边念拉封丹的故事给她消遣，至于毕加索，坐在一把餐椅边上，一手拿着盖满灰褐颜料的调色板，鼻子凑到画布上，开始打草稿。为了完成这幅肖像，他要求格楚德要摆八十次姿势。几乎每天下午，格楚德都来蒙马特尔摆姿势，然后再领着她的巴斯克狗，穿过巴黎一条条街道，步行回家。星期六毕加索送她回去。这天晚上，在弗勒吕斯街，大门对艺术家敞开。

1906年冬天，格楚德把毕加索介绍给马蒂斯。马蒂斯年长一些，戴着大眼镜，表情严肃冷漠，根本听不明白毕加索这个西班牙佬的想法，以致毕加索后来不断地取笑他。在谈论自己的时候，这两个人操着打趣逗乐的声调，互称对方为"南极"和"北极"。

不久，在格楚德家里，除了画家朋友，还来了一些年轻的

---

① Fernande Olivier, 1881—1966，毕加索的头一个女伴，从1904年1月到1911年8月与毕加索住在一起。——原注

美国作家与出版商。他们是被二十年代热闹的巴黎吸引而来的。在他们看来，巴黎是表现自由和艺术解放的首都。有利的汇率（55 法郎兑 1 美元），乘坐法国船运公司的邮轮，以低廉价格所做的跨洋旅行，对于最好酒贪杯的人来说，没有禁酒令，可以开怀畅饮啤酒、威士忌、杜松子酒和别的波旁威士忌的环境，凡此种种，都是在一次世界大战之后提供给美国佬的好处。

这些新来的家伙在蒙帕纳斯住下来，也就顾不上选择"最漂亮的巴黎"了。蒙帕纳斯街区既不具有典型的巴黎风格，也不是著名的风景胜地：一种毫无特色的建筑风格，一些低矮的乡里乡气的两层小屋；在满是泥泞的死胡同里，一间间马棚改成了画室，而一群群可怜的绵羊、肉牛、小牛、肉马，源源不断地从门前经过，被赶往沃吉拉尔的屠宰场。这里很少见到纪念性建筑，除了立在天文台广场的卡尔波①的喷泉《世界的四个部分》和吕德（Rude）创作的雕像《内伊元帅》之外，街区周围还有巴尔托蒂（Bartholdi）创作的《贝尔福的狮子》，不过立在登费尔－罗什洛广场中央的这座塑像是个缩制品。至于罗丹的雕像《巴尔扎克》，是 1939 年才立在拉斯帕依大马路上头的，而且是在拖延很久之后才选定这个地方的。

在年轻的作家们看来，蒙帕纳斯构成了一个活的传说，他们在这个传说里与逝去的诗人、从寒冷中走过来的画家、利他主义的放荡鬼及形形色色的社会边缘人会合到一起。对他们来

---

① Carpeaux，1827—1875，法国画家、雕塑家，1854 年获罗马大奖。——译注

说，蒙帕纳斯远不是蒙帕纳斯，其魅力有一种精神的原因，其历史更是一个神话。

从十九世纪末开始，蒙马特尔就进入了黄金年代的最后年头。既然人们不再在黑猫夜总会周围寻找财富，影子戏院的灯笼也已熄灭，蒙马特尔的精灵就只能到别处去喘息了。阿里斯蒂德·布吕昂[1]离开了高地，去耕种他在卢瓦雷省的库尔特尼花园；莫里斯·多奈[2]心血来潮，将其热情投给了街头剧；克桑罗夫[3]见到伊薇特·吉尔伯特[4]抛弃出租马车，换乘出租汽车，就涌起一股怀旧之情；玩笑大师阿尔丰斯·阿莱（Alphonse Allais）与特里斯丹·贝纳尔（Tristan Bernard）和夏尔·克罗（Charles Cros）会合，因为他知道要使荒诞诗歌流传下去，还得指望众多后人。卡兰达什（Caran D'Ache）、谢雷（Cheret）、斯泰因伦（Steinlen）、维莱特（Willette）发现了彩色石印术，从此许多画刊就用上了彩色插图，而巴黎的墙壁上也贴满了彩色招贴。

作为古希腊众缪斯的栖息地，这个"帕纳斯山"[5]就成了诗人、作家、画家与他们反复无常的"爱捷丽"[6]的国际约会地，成了他们的奥林匹斯山。在这里，他们将重新创立已经放弃的蒙马特尔小社会。

---

① 法国画家图卢兹－劳特累克画的人物，这里代指这位画家本人。——译注

② Maurice Donnay，法国作家。——译注

③ Xanrof，1867—1953，法国导演，作曲家。——译注

④ Yvette Guilbert，法国电影演员。——译注

⑤ 蒙帕纳斯由山 Mont 与帕纳斯 Parnasse 两部分构成。——译注

⑥ Egerie，罗马神话中给罗马王以启示的仙女。——译注

二

大西洋彼岸的新一代发现了一处人文宝地。近两个世纪来，一些著名艺术家经常光顾此地。其中有大名鼎鼎的画家雅森特·里戈（Hyacinthe Rigaud）和多米尼克·安格尔（Dominique Ingres），有名闻遐迩的大作家夏多布里昂（Chauteaubriand）、雨果（Hugo）、司汤达（Stendhal）、巴尔扎克（Balzac）、波德莱尔（Baudelaire）和魏尔伦（Verlaine）、兰波（Rimbaud）。他们喜欢这些田园风光的地方：在麦田与苜蓿地中间，还坐落着一座座欣欣向荣的田庄。

从前在大茅屋舞厅负责灯火照明的弗朗索瓦·布利埃，在1847年盘下了夏尔特勒舞厅。舞厅旧址是一家修道院，坐落在圣米歇尔大马路与波尔－罗亚尔大马路的拐角上。这个新的吸引人的娱乐处所给略微沉寂的街区注入了新的活力。布利埃的舞厅变得如此风靡，以至于很快就和当时巴黎人气最旺的两家舞厅——香榭丽舍的玛比伊舞厅和圣拉萨尔的蒂沃利舞厅较上了劲。巴黎人竞相来到这家舞厅，既是为了跳几曲快舞，更是为了目睹塔希提的波马雷王后（Reine Pomare）和塞莱斯特·莫加多尔（Celeste Mogador）这两个轻佻漂亮的女人跳玛祖卡和苏格兰舞。大茅屋舞厅引进了波尔卡舞，创造了引起众多议论的康康舞，从 1838 年起就备享盛名，却在布利埃舞厅的红火之下日渐式微，最后只好宣布破产关门。

布利埃的舞厅对面是丁香园。这里从前是通往枫丹白露的大路上的一个驿站，后来改造成了一家可以跳舞的咖啡馆。咖啡馆露台上种了聚伞圆锥花序植物，开满淡紫色与白色的花朵，使得咖啡馆名气大盛，成了浪漫散步的目的地。至今这里仍是情侣们约会的传统去处。

街区的回忆录作者喜欢提到两个重大事故。当年这两个事故曾经上了社会新闻栏目。头一个是一起火车脱轨事故：1895 年 10 月 22 日，将近下午四点，格兰维尔—巴黎线机车车头与煤水车越过终点障碍，冲到雷纳大街的人行道上，翻倒在凡尔赛咖啡厅与拉韦汝咖啡馆前面，车体完全撞坏了，把正在饮咖啡的消费者吓得大惊失色。第二个事故发生在 1912 年 5 月 12 日，萨韦诺（Saveno）与萨克莱（Saclet）驾驶的"和平号"飞艇，在雷纳大街上方七十九米的空中解体，两个仿效飞艇发明者桑托斯－杜蒙的驾驶员当场丧命。

当时这个街区仍像乡村，晚上四野一片黑暗，只有雷纳广场两家大咖啡馆亮起灯光，但是没过多久就相继开起了一些咖啡馆和小酒店，街区很快就见识了真正的繁华热闹。

1911 年，一个名叫维克托·利比庸的人盘下拉斯帕依与蒙帕纳斯大道拐角上的一家小饭店，开起了圆屋咖啡馆、烤肉店、舞厅和夜总会。"天堂的守护天使"——漫画家亨利·布罗卡在一张广告上这样介绍维克托·利比庸。这位老板不仅非常客气地接待叛离蒙马特尔的画家，如莫迪格里亚尼（Modigliani）、毕加索、凡·东根，而且接待诗人桑德拉（Sandras）、萨尔蒙（Salmon）、法尔格（Fargue），以及一群斯拉夫的、南美的、斯堪的纳维亚的艺术家，连同他们的模特、赞助者和贩卖乙醚（在 1912 年饮乙醚是很时髦的事情）与可卡因的家伙。只有画家乔治·布拉克除外，他仍然忠于蒙马特尔，舍不得离开他在丹库尔广场的画室。这些画家艺术家不断地来往进出，说他们喋喋不休也好、多嘴饶舌也好，他们用的都是方言，别人是听不懂的。让·福兰①回忆说："从前，列宁来过圆屋咖啡馆，他雨伞上的水还曾滴在这家店里。列宁敬爱自己的老母亲，很重感情，嗅觉又灵，移居瑞士之后才闹革命，最终成了用防腐香料保存遗体的革命领袖。"

圆屋咖啡馆的名声越过了蒙帕纳斯的地界，各国顾客像潮水一样涌来。大家赞美它阳光沐浴的露天座，赞美它的不同流俗，赞美它个性鲜明和与众不同的顾客，还有它的百无禁忌。在好莱坞，它的名气和埃菲尔铁塔一样大。1921 年 9 月 19 日，

---

① Jean Follein, 1903—1971，法国作家，有作品《巴黎》出版。——译注

9

当时美国最有名的演员，如查理·卓别林、道格拉斯·范朋克（Douglas Fairbanks）和玛丽·璧克馥（Mary Pickford）选择这里来宣布他们的电影制片企业"艺术联合公司"成立。他们在欧洲举行巡回记者招待会。当他们来到圆屋咖啡馆时，巴黎民众从四面八方赶来，争相目睹他们的风采，对他们的到来表示欢迎。街道对面，一〇八号的圆顶咖啡屋，是一家 1897 年开业、1903 年由一个名叫保尔·桑蓬（Paul Chambon）的家伙修葺改造的酒店，也因此得享盛名。在安德列·瓦尔诺①看来，圆顶咖啡屋"既是公屋、广场、饭店，又是论坛、隔离区和叫化集中的'圣迹区'"。

一个由中欧、俄罗斯、德国画家组成的四海漂泊的群体，在拉吕什②那幢蜂窝楼里居住的艺术家，每晚就在这里读信看报，打发时间。圆屋咖啡馆也是邮件待领处。

1905 年 12 月 25 日，于勒·帕珊（Jules Pascin）乘东方快车从慕尼黑来到巴黎，受到所有住在巴黎的中欧画家的欢迎。他在德国的著名报纸《纯朴生活》上发表了一些毫不留情的嘲讽作品，因而名闻遐迩。《纯朴生活》是一家讽刺性报纸，素以坚决反对教权主义、军国主义和政客权贵而著称。

帕珊这个喜欢奢华生活的梦游者，其为时短暂的巴黎生活，是在蒙帕纳斯与蒙马特尔之间飞快地度过的。作为一个浪荡哥

---

① André Warnod, 1885—1960，居住在蒙帕纳斯与蒙马特尔的法国画家、作家、艺术批评家。——原注

② 原为 1900 年巴黎万国博览会的葡萄酒馆，后被雕塑家阿尔弗雷德·布舍改造为给各国艺术家提供栖宿与工作之地的楼房。——原注

儿，他身边总是围着一群模特和饥肠辘辘的放浪鬼。他的作品里那分感人的乡愁是蒙帕纳斯犹太画家的一个特点。

1925年名优咖啡馆的开办和1927年12月当着全巴黎的面盛大开业的拉古波尔咖啡厅，为蒙帕纳斯大马路引来大群无所事事看热闹的人。一群游手好闲、无忧无虑的假艺术家涌进了露天咖啡座和夜总会，在有些人看来，他们有时造成了一种混乱，使人分不清哪是才华横溢的艺术家在约会，哪是疯狂年代的酒肉朋友在吆五喝六地喝酒。其实那些酒肉朋友总是浮躁地绕着瓦温十字路口跑来跑去。从严格的意义上说，那里是蒙帕纳斯的中心，是不能绕过的一个地方。

这些咖啡馆成了约会地点：艺术家、大学生、无所事事的美国阔佬，纷纷来到巴黎。由于用美元兑法郎是那么的划算，画家、作家，还有收入更低些的外国游客全在法国首都过起了奢华生活。

这些美国人大多不懂我们的语言。他们成了那些也是新近漂洋过海来到巴黎并打算用服务来帮助这些同胞的医生、牙医、货币兑换商、银行家、律师、不动产经纪人有兴趣争夺的客户。

至于作家，他们只要穿过卢森堡公园，就可以到奥代翁剧院街。在那条街上，有两个醉心文学的姑娘开了几家书店，那里是英美文人圈子不可抵拒的集合地点。那是蒙帕纳斯所有法国与英美作者读者的文学触角。

"巴黎经营英美图书最好、最全、最现代的书店和借阅室，当数奥代翁街十二号的莎士比亚及其伙伴书局。书局经理是希尔薇亚·比奇小姐……"1920 年，瓦莱里·拉尔博（Valéry Larbaud）在一篇论述"美国诗歌复兴"的文章里告诉读者，在巴黎常住或临时逗留的英国、爱尔兰和美国的年轻作家，其精英人物都聚集在这家书局旗下。希尔薇亚·比奇让拉尔博了解了乔伊斯其人与其作品。作为诗人、小说家，通过笔下的人物巴拿布思的幻想来旅行的旅行家，尤其是作为英美文学专家，拉尔博于 1921 年 12 月决定把《尤利西斯》的作者介绍给法国读者。这件事，我们在下面还要谈到。

三

"永远不去蒙帕纳斯。"马克斯·雅科布（Max Jacob）在他位于蒙马特尔拉维央街七号的黑暗斗室墙上贴了这么一句话。这位后来到洛瓦河畔的圣伯努瓦城隐居的学者认为，魔鬼和上帝不可能在蒙帕纳斯这个现代巴别塔里和平共处。不过，1916年8月16日，他还是违背了自己的誓言，应邀到蒙帕纳斯的芭娣家餐馆①，与毕加索、亨利-皮埃尔·罗舍和玛丽·华西里埃芙②共进午餐。

天气晴好，气温和暖。一群快乐的家伙来与他们会合。领头的是基斯林（Kislin），后面跟着萨尔蒙、莫迪里阿尼、奥尔蒂兹·德·萨拉特（Ortiz De Zarate）。大家一起去圆屋咖啡馆的

---

① 当年巴黎的著名餐馆，以酒好闻名。诗人阿波里奈尔称餐馆老板芭娣老爹是巴黎最好的酒商。——原注

② Marie Vassilieff，1894—1957，画家、雕塑家。

露天座喝咖啡，因为那里能沐浴阳光而非常有名。

让·科克托（Jean Cocteau）也赶来了，还带来一架照相机，那是他向母亲借的。这一天，在正午到下午四点之间，他拍摄了一组共十九张照片。这些非常珍贵的资料记录下了这群人仍然青春的面孔。他们离开了人员混杂的蒙马特尔，转而投向帕纳斯山，这座接受了一种艺术新复兴运动信徒的山丘。二十七岁的让·科克托总是对什么人感到好奇，他所留下的这份历史见证，也与马克斯·雅科布的良好愿望相抵触。"The Quarter（英语：城区、街区、地段）。"住在巴黎的美国人从此这样称呼蒙帕纳斯。1924 年，"The Quarter"聚集了将近二百五十个作家、诗人、杂志主编和英国、美国的印刷商。许多复员的年轻人觉得美国封闭在严峻的清教主义里，是个被禁酒令弄得更加无趣的国家（"除了生意，再也没有别的事情可做。"阿尔丰斯·卡彭（AL. Capone）语）。他们决定逃离这个国家，渴望挣脱道德、社会、哲学与性方面的束缚。他们对普鲁斯特和乔伊斯两个文学巨匠的敬重，大概与他们来巴黎呼吸自由空气的愿望不无关系。美国作曲家维吉尔·汤姆逊①是格楚德·斯泰因的朋友，从 1925 年到 1940 年曾在巴黎居住，他曾经写道："在巴黎，在一个适于发生奇迹的年代，待在一个神奇的地方，真是不可思议……在两次世界大战之间，巴黎是文学中心，是英美两国文人集中的地方。"

---

① Virgil Thomson, 1896—1989, 作曲家，《纽约先驱报》的音乐评论员。——原注

二十世纪上半叶的英、美、法三国文学，在巴黎得到了两位年轻姑娘的激励与促进。她们开在奥代翁街的姊妹书店，在最富创新精神的文学前沿占据了一席之地。两姑娘之一的希尔薇亚·比奇是美国人，父亲是牧师；另一个亚德里埃娜，是邮局职员的女儿。两人的出身、性格、经历都不相同，然而对文学与作家的喜爱却把她们永远地连在了一起。

亚德里埃娜出生于1882年，是个巴黎女子，可是父母亲一方原籍是瑞士的萨瓦，一方是法国的汝拉。希尔薇亚的洗礼虽然是在法国南锡举行的，可出生地却是美国马里兰州的巴尔的摩，生日是1887年3月14日。三姐妹中她排行老幺。她父亲西尔维斯特·W. 比奇于1902年来到巴黎，管理"大学生联欢室"。这是一家美国大学生俱乐部，女歌唱家玛丽·加登（Mary Garden）、著名提琴演奏家帕勃罗·卡萨尔斯（Pablo Casals）及蒙面舞女洛伊·富勒（Loie Fuller）都曾为这家机构出过力。比奇一家在巴黎安顿下来，一住就是三年，然后回到美国（新泽西州的普林斯顿）。在那里，比奇先生依靠与普林斯顿大学校长托马斯·伍德罗·威尔逊（Thomas Woodrow Wilson）的良好关系，被调到该校任职。七年后，也就是1912年，这位校长在总统竞选中获胜，当上了美国总统。

希尔薇亚十八岁了，能够讲法语、意大利语和西班牙语。她到欧洲旅游，参加了一位英国教授主办的助理培训班，准备当个笔译人员。她去了一趟纽约，在那里会见本·W. 韦布什（Ben W. Huebsch），想听听他对她择业的意见。后来这位韦布什成了詹姆斯·乔伊斯的作品在美国的出版商。这次会面，是她后来成为《尤利西斯》的出版商的先兆。

在第一次世界大战期间，希尔薇亚报名成为了农业志愿者，在法国的图赖讷参加了收割庄稼和收摘葡萄的工作。接着她完成了红十字会的一些任务。不过无论是崇高的事业，还是当时有人建议年轻妇女从事的职业，都不是她所希望的工作。她似乎更喜欢一个使命，而不是一门职业。她还有待于发现自己的志向。这个柔弱女子幼时虽然多病，却很有活力，不可能走正常的求学之路。作为补偿，她的阅读欲使她具有了深厚的学养。她的知识集中在英美文学方面。

1916 年，她离开图赖讷，来到巴黎学习法国诗歌。在国家图书馆查阅保尔·福特①主编的《诗与散文》杂志时，记下了经销商的地址。12 月 5 日，她来到奥代翁街七号的"书友之家"。老板是年轻的亚德里埃娜·莫尼埃。杂志就由这里经销。其时亚德里埃娜芳龄二十有四，书店是头一年开的。法国大作家儒勒·罗曼（Jules Romains）说她进入文学圈子，就像别人进入修会。她很快就把一些年轻作家、诗人引来书店。这些人从十八岁到三十岁不等，他们是阿拉贡（Aragon）、布勒东（Breton）、桑德拉、勒韦迪（Reverdy）、苏波（Soupault）和科克托。喜欢开玩笑的亚德里埃娜·莫尼埃是这样形容科克托的："头一个发起冲锋的从不是他，可是插旗的却总是他。"这些人喜欢交流、见面，常常在这里碰到一些著名文人：纪尧姆·阿波里奈尔（Guillaume Apollinaire）、科莱特、安德烈·纪德、保尔·瓦莱

---

① Paul Fort, 1872—1960, 法国诗歌研究专家，多家杂志的主编或创办人。

里、乔治·杜阿梅尔（Georges Duhamel）、儒勒·罗曼、莱翁－保尔·法尔格、瓦莱里·拉尔博……大家都对亚德里埃娜这家书店表示支持，鼓励她把书店办好。

亚德里埃娜·莫尼埃还在巴黎独家开办了古典作品与先锋诗歌租阅室。她不仅经销或出租图书，还组织作品朗诵会，让作者来现场介绍自己的新作。对于一些难以维持的年轻杂志，如皮埃尔·勒韦迪的《南北》，皮埃尔·安德烈－麦的《意图》，皮埃尔·阿尔贝－比罗的《声音观念色彩》，她也表示支持，欢迎他们来书店销售。她出版和经销一套小丛书《书友手册》，在上面发表在书店里读到的文章。作为一个得天独厚的场所，她的书店成了读者和作者的交汇点，是文坛的上帝之家。

推开"书友之家"的大门，瘦小腼腆的希尔薇亚来到亚德里埃娜面前。这是个胖乎乎圆滚滚的姑娘，让人猜想她一定是个好吃的享乐主义者。她的面颊红润，眼睛灰蓝，看似天真的神态里隐藏着一丝狡黠。身穿一条灰色羊毛长裙，身影让人想起夏尔丹（Chardin）的油画《女供应商》。人们多次碰到她提着购物的网篮从布希街市场回来，她这个模样更让人觉得她与卢浮宫收藏的那幅杰作上的人物相像。亚德里埃娜喜欢美味佳肴，并且毫不隐瞒："我只是个喜欢美食，并且厨艺不错的普通女人，和许多别的女人一样。"

她把自己关在毗邻书店的厨房里，对那些菜谱珍爱得很，她保守着烹调佳肴的秘密，为的是能够拿出美味来招待她那些经常来往的客人，让他们大吃一惊，并且从她这里得到指点。

"对于奶酪，我们得知道一点，我们也得学会品尝葡萄美酒。至于调味汁，不能因为它不好消化、容易让人发胖，我们就不用它。调味汁是最见功夫的东西，只有高水平的厨师，才调制得出好的调味汁。应该经常品尝调味汁，并且细细体会其中的滋味，就像读一首诗一样。"①

在这些运气好的人看来，诗与美食是"书友之家"这家书店的两个乳房。

帕斯卡尔·皮亚②写道："亚德里埃娜·莫尼埃本可以做个优秀的饭馆老板娘或客栈餐厅的好大妈。从前饭店伙计跑遍全法国，就是想把这些大妈的拿手绝活儿学过来。"在书店业务方面，有文化的读者都知道，"凡是重要书籍，这家书店都有；现代作家的优秀著作，在这里都买得到。"③

亚德里埃娜·莫尼埃的书店深受读者欢迎，原因很清楚：走进奥代翁街七号的人都发现，他们进的不是一家普通的店铺；他们的身份也不是"顾客"，而是虔诚的"书友"、美食之友。

① 亚德里埃娜·莫尼埃：《最后一期报纸》，法兰西水星出版社。
② Pascal Pia, 1903—1979，法国作家，报刊编辑。——原注
③ 帕斯卡尔·皮亚：《文学专栏，1955—1964》，法国法亚尔出版社1999年出版。——原注

四

"这个美国姑娘模样古怪,属于比较引人注目的一类。她法语说得很流利,带的是英国口音,而不是美国口音。老实说,这都算不上口音,只是一些词语发音时比较用力、干脆响亮罢了。"[①]

首次造访奥代翁街时,亚德里埃娜给希尔薇亚留下的就是这个印象。那一天,推开书店大门时,希尔薇亚的墨西哥大草帽被风掀起,突然飞到空中,又飘落下来,在街道上滚动。亚德里埃娜虽然穿的是长裙,迈不开步子,可还是跑着去捡草帽。这个插曲最后引得两人一阵狂笑,给她们免去了一些缛节和客套。亚德里埃娜对希尔薇亚说,我喜欢美国。希尔薇亚则回答,

---

① 亚德里埃娜·莫尼埃:《奥代翁街,一家书店及其老板娘的回忆》,法国阿尔班·米歇尔出版社1960年出版,1989年再版。——原注

我喜欢法国。无需更多的言语，两人就互相对对方生出了好感，进一步来往之后，两人之间又有了别的交情。

作为一个忠实的读者，希尔薇亚常去奥代翁街买书。她出席了瓦莱里、纪德、克洛岱尔、施卢姆伯格（Schlumberger）、法尔格、拉尔博、儒勒·罗曼的作品朗诵会。这些作家都是"书友之家"的常客。

1917年3月15日是希尔薇亚的三十岁生日，亚德里埃娜送了她一张"书友之家"的会员卡。对年轻的美国姑娘来说，这是件富有意义的生日礼物。

这时战火正在欧洲燃烧，希尔薇亚的父亲是个坚定的法国派，他写信告诉女儿，说自己因为没有生个儿子来为法国"战斗，为自由而死"，深感遗憾。为了让父亲的爱国热情稍觉安慰，希尔薇亚动身前往塞尔维亚，在红十字会旗下参加救护工作。回来之后，她去了伦敦，打算开家书店，推动法国文学书籍在那里的销售。有人劝阻她不要投入这样的事业：眼下，大不列颠的法国图书市场还不景气。

为什么不在巴黎开家英国书店呢？亚德里埃娜·莫尼埃启发她说。有人告诉她，杜普伊特伦街八号有个店面空着，上面还有一套住房。那条街是个斜坡，离医学院很近，街道不长，总共只有十来个店面。亚德里埃娜陪希尔薇亚去看了地方。那空着的店面原是家洗衣店。两边门上仍然各留着一个"粗""细"字样，表明它可以承洗各类衣物布品："粗"指的是各种粗布粗呢的被单床罩，"细"指的是细织细纺的绫罗绸缎。亚德里埃娜稍稍健壮一些，站在"粗"字下边，留下希尔薇亚站在"细"字下面，两人正好一对，整个场面看上去不乏幽默意味。在亚德里埃娜的鼓励下，希尔薇亚决定租下这个小店。她马上与业主接触，很快就达成了租用协议。

希尔薇亚听从了两个朋友——圣父街阿拉丁神灯古董店的沃辛和赖特的建议，又从母亲比奇太太那里得到了资金支持，就把店面做了一些装修。她用一些黄麻布贴墙，遮住水渍，请了个细木匠做了书架和橱窗，接着又把窄小的正面粉刷了一遍。最后，请写字匠在店门上方写下几个大字：莎士比亚及其伙伴书局。作为塞纳河左岸唯一的英国书店，莎士比亚及其伙伴书局吸引了一群英文读者。他们中间既有常住巴黎的英语国家人士，也有临时来此办事或旅游的英美旅客。比起塞纳河右岸那些英国书店，这家店面虽不宽敞，但是更为温馨舒适，很快就成了大学师生经常光顾的地方。希尔薇亚对他们也不小气，折扣打得很低。希尔薇亚热情好客、待人亲切，又是个快活性子，穿件深色天鹅绒的男礼服，把"克劳婷式"的白领竖起来，她也接待亚德里埃娜介绍来的读者朋友。

书架上密密地挤排着一溜溜书，墙壁上挂着一帧帧令人敬重的著名作家的照片，这一切构成了一种热烈的氛围，有利于读者在文学天地中漫步、遐想。英语古典名著、大西洋彼岸文坛新秀的作品及新到的杂志，都摆在架上，伸手就可拿到。这个给人好感的地方，还是那些收藏珍本的家伙非来不可的地方，因为在这里淘得到他们想要的东西。店里还设有一个邮件代领处，给那些居无定所的人或者移民提供方便。作为一个读书俱乐部，莎士比亚及其伙伴书局是一个地标、一座文化绿洲，那些渴求英美文学书籍的读者纷纷来到这里畅饮解渴。

8月开始准备，到秋末冬初装修布置结束。1919年11月19日，希尔薇亚的莎士比亚及其伙伴书局开张营业。她采纳了"书友"的办店宗旨和方法。这一天，两个橱窗里摆了莎士比亚（这是必须表示的尊敬，因为他是书店的保护主）、乔叟、T. S. 艾略特和乔伊斯的作品。为了让亚德里埃娜高兴，还摆放了热罗姆·K. 热罗姆[1]的《三人同船游》。这是一部非常幽默的叙述性作品，在全世界畅销不衰。

第二年的3月15日，希尔薇亚看见一个非常健壮的女人，穿件式样怪异的连衣裙，戴顶高脚果盘样式的帽子，由一个身体纤弱、可笑地穿着吉普赛女人花裙子的女子陪着，在杜普伊特伦街上行走。这两个女人朝书店的两个小橱窗扫了一眼，就推门进来。希尔薇亚认出健壮女人是格楚德·斯泰因，自己很喜欢读的《三传记》的作者，就非常殷勤地接待了她们。格楚德觉得在巴黎开家英美文学书店，却不卖小约翰·福克斯和斯特拉顿－波特的作品很好笑。因为这两人是写美国森林生活的大众小说家。然而斯泰因小姐是个快活性子，好开玩笑，开始讲一些趣事，却不把话说完，而是让她的朋友阿莉丝·B. 托克

---

① Jérome K. Jérome, 1859—1927, 英国幽默作家。

拉斯①来作结论。这两个女人，一个像男人一样健壮、老成，一个柔弱纤细像个孩子，真是奇怪的一对。

从此，三个女人就保持了友好交往。希尔薇亚像海明威一家那样，参加了福特公司组织的乘坐"戈迪瓦"汽车美食游活动。这是一款"T"型旅行车，1916年曾被用来执行慰问前线将士的任务。奇怪的是，格楚德不肯往后倒车，大概是遵守战时法国军队的规定：决不后退。

几个月以后，希尔薇亚就登记了一百来个英语客户，她管他们叫"小兔子"，也就是订户的意思。接着，她又接待了头一批法语顾客，一些好奇的文坛贵客：瓦莱里·拉尔博离开了布伦塔诺的英美书店，那里是他年轻时最喜欢去的一个场所，因为在那里可以与美国姑娘擦身而过，对那些美丽的女孩子，他可并不只是渴望让她们了解法国现当代文学；安德烈·纪德，他戴顶斯泰松公司生产的宽边帽，披件绿色罗登缩绒厚呢宽大斗篷，一张节欲苦行的脸，说话声音细细的，像在吐露什么隐情；莱翁-保尔·法尔格是亚德里埃娜派来的，他本是个无所事事的人，整天天上地下地胡思乱想，虽然对英语一窍不通，

---

① Alice B. Toklas，1877—1967，美国作家，格楚德·斯泰因的忠实"妻子"与知心朋友，《阿莉丝·托克拉斯厨艺大全》的作者。——原注

但到底碍着亲密女友的面子，还是来了；保尔·瓦莱里[①]，他在不久前顶替阿纳托尔·法朗士，坐上了法兰西科学院的交椅，成了个大忙人，这不，科学院的会议一散，他就到这里来了；还有安德烈·莫洛亚[②]，他带来了处女作《布朗布尔上校的沉默》，是头一批赶来祝贺新店开张营业的人之一，这本书是自费出版的，写的是他在大战期间担任驻英军方面联络官的经历。

---

① 关于保尔·瓦莱里，保尔·莱奥托在《文学日记》里写道："此人的名气是怎么来的？是从莫尼埃小姐店堂后面的诗歌朗诵会开始的。莫尼埃小姐经常组织诗歌朗诵会。有一次安德烈·纪德朗诵了瓦莱里的诗，于是他的声名就不胫而走……因此，可以说他的名气得之于一家书店。"

② André Mauroi, 1885—1967, 本名艾米尔·赫佐格，法国著名作家，尤擅文学传记。——原注

五

1921 年，诗人埃兹拉·庞德从伦敦来到巴黎，也成了头一批造访莎士比亚及其伙伴书局的文人之一。他对希尔薇亚吐露了心里话，说自己受够了海峡对岸的雨雾与潮湿，当着英国妻子多罗茜的面，他肯定地预言：英伦三岛会慢慢地沉入水下，英国人也许哪天早上醒来，发现自己的脚变成了蹼。他在伦敦住了二十年，先是给威廉·叶芝①充当秘书兼顾问，后来把移居大不列颠的同胞 T. S. 艾略特的作品推出来之后，才辞去了这个职务。

大战之前，庞德经常来巴黎逗留。他一直把巴黎看作艺术解放的中心。那时阿波里奈尔已经普及了立体派，并且不顾一

① William Butler Yeats，1865—1939，爱尔兰诗人、剧作家，1923 年获诺贝尔文学奖。——原注

些保守观众的趣味，向大家推出了画家乔尔乔·德·奇里科（Giorgio De Chirico）和罗贝尔·德洛内（Robert Delaunay）。在他看来，巴黎艺术界是个汇集各种人才，能够激发外国艺术家创造力的圈子，而伦敦艺术界却要闭锁一些。战后，以毕加索、布拉克、斯特拉文斯基（Stravinsky）和萨蒂（Satie）、阿尔普（Arp）、布朗库西（Brancusi）为主的新一代，以及许多别的艺术家仍受到激励。"你要写出让我震撼的作品。"塞尔日·德·佳吉列夫（Serge De Diaghilev）对让·科克托说。科克托写出一出惊人的幻想芭蕾舞剧，以完成恩师的吩咐。科克托承认，他写这个著名的《滑稽表演》，得到了友人帕勃罗·毕加索、艾里克·萨蒂和俄罗斯芭蕾舞团的帮助与合作。这个舞剧巴罗克式的欢谑气氛把观众惊得目瞪口呆，十分困惑。看完演出，有个观众对妻子说："早知这么搞笑，我就把孩子带来了。"

在介绍节目的文章里，纪尧姆·阿波里奈尔头一次使用了"超现实主义"这个名词，并且试图给这个融舞蹈、音乐与绘画于一体的怪诞的芭蕾舞喜剧下定义。埃兹拉·庞德在伦敦看过巴甫洛娃和尼任斯基的舞蹈，在巴黎又恢复了战前对戏剧的痴迷，只不过重新点燃他这股激情的是一个叫让·科克托的友人。

作为一个新运动，达达得到了大家的承认，并且扫除了许多成见：一个名叫特里斯丹·查拉（Tristan Tzara）的人把这个主义从苏黎世引到巴黎。不久以前，这个大胆的革新家曾发表了埃兹拉·庞德的一篇文章，庞德被这股新浪潮的精神所吸引，时刻关注着这些年轻人革命观念的演变。

不久前，庞德在蒙帕纳斯田园圣母街附七十号安顿下来，他不遗余力地向詹姆斯·乔伊斯介绍他所偏爱的那些作家朋友的作品，终于说服这位爱尔兰作家来巴黎侨居。

庞德与布朗库西、布拉克、科克托、克里韦尔交了朋友，对一致主义小说家儒勒·罗曼、夏尔·维尔德拉克（Charles Vildrac）、乔治·杜阿梅尔也很有好感。他很推崇杜阿梅尔的《诗艺札记》，并对象征主义诗人、普罗旺斯诗派，对中世纪文化和中文的表意书写符号，都很有兴趣。他认为孔子作品里汇集的古代智慧能够拯救西方。作为一个拥护法西斯主义强烈反对犹太人的独特怪僻诗人、无法分类的幻想者、《比萨诗章》的作者，庞德在巴黎逗留了四年，随后他搬到意大利的拉巴洛，在那儿定居。

庞德在格楚德·斯泰因家里见到了海明威。他说服《美洲评论》的主编福特·马多克斯·福特将这位年轻记者聘为编辑部秘书。庞德很快就表现出中间人的出色才能，不仅对海明威很有帮助，对其他很多作家、画家和雕塑家朋友亦是如此。海明威说："埃兹拉是我认识的最慷慨的作家。"

庞德邀请海明威携妻子哈德莉到他的工作室喝茶。他们夫妇遂来到田园圣母院大街一间工作室。格楚德·斯泰因的工作室塞得多么满，庞德的工作室就有多么空。埃兹拉·庞德有几幅皮卡比阿（Picabia）的油画，十分引以为荣，可是海明威夫妇却不怎么喜欢，倒是皮卡比阿的妻子，美人多罗茜的作品让他们十分着迷。哈德莉与欧内斯特·海明威一声不吭，耐心地听庞德说话。庞德坐在用他的服装盒垒起来的座位上，吞下一杯杯热茶，兴奋地谈论自己的作品，一会儿聊起他心爱的达达主义，展现他的博学多识；一会儿引述古代文学，介绍他翻译的普罗旺斯诗歌；接着又气愤地谈起象征派对蒙帕纳斯自然主义的尖刻反应。哈德莉心想，这人不大厚道，未免太自以为是了。而海明威则坐在庞德旁边静听，装出一副入迷的样子。接下来，庞德仍是没完没了地扯着一些离题话，海明威听累了，就心不在焉了，开始为《小评论》杂志构思一篇尖刻的讥讽文章。他在文章里毫不客气地嘲笑庞德的自满，把他的发型描写得十分怪异。有人劝他不要把这篇得罪人的文章拿去发表，而且从诗人这方面来说，庞德也理应得到更多的尊敬。

刘易斯·加兰蒂埃尔（Lew Galantiere）虽不赞同文章的论调，但认为庞德的怪异模样和权威口吻让海明威夫妇反感。玛格丽特·安德森（Margaret Anderson）和简·希普（Jane Heap）——巴黎《小评论》的两位女主编肯定不会接受这样一篇文章，因为文章攻击的正是她们杂志的一根台柱。加兰蒂埃尔说他亲眼看见海明威狂怒地把这篇文章撕碎了。从这个因为无知而犯的过错里，海明威记住了一个朋友的忠告：嘲讽一个诗人的文章必会引起强烈不满，不可能像平庸的新闻文章那样无足轻重。这个插曲结束了。

海明威很少和朋友们谈论文学，但是聊起钓鱼、自然与体育运动来却是滔滔不绝。庞德邀请他打过几场网球，并求海明威教自己拳击。埃兹拉以前练过击剑，养成的习惯对拳击有些妨碍，比如他左手总是打不出直拳，步法也总是乱套，左勾拳也摆不好。由于海明威不敢对他来重手，庞德就向他妻子报怨，说海明威像对待德累斯顿名贵瓷器一样对待他，生怕碰坏了。在学生软弱无力的进攻面前，海明威尤其不愿意侮辱或者伤害他，因为"一直把他视作某种圣人"。

过了一些日子，庞德取得了实在的进步。现在他可以抵挡教练的进攻了。海明威大感惊奇，写信给友人豪威尔·詹金斯（Howell Jenkins）说：

"我们度过了一些十分美好的时刻。我经常与埃兹拉·庞德进行拳击运动。现在他能打出可怕的重拳了。不过我一般能够及时避开。当他变得太难对付时，我就把他击倒在地毯上。这是个勇敢的家伙，学会了打重拳。哪天我要是不当心，会被他打败的。他有一百八十磅。"

在这封信里，海明威描写拳击手庞德的特点稍稍有点夸张。

结识海明威那年，庞德只有三十六岁。这个年纪做父辈稍嫩了点，做兄长又太老了。哈德莉始终坚信庞德对丈夫的创作有影响，而且很乐意地看到他对这位老弟表现出一种特殊的兴趣，不厌其烦地去杂志主编那里活动，说服他们发表海明威的诗篇。庞德接受了年轻的海明威的蓬勃朝气，毫不犹豫地写信告诉斯科菲尔德·塔耶（Scofeld Thayer）说：

"如您所知，我认为《对话》应该吸收一点年轻血液。我觉得海明威看起来很有前途。他对某些本地明星的柔弱很不满意。"

六

　　奥代翁街十二号，一家古董店的承租人决定把这家几乎就在"书友之家"对面的商店盘出去。在亚德里埃娜的坚持下，希尔薇亚作了让步，决定把自己的图书公司搬过来。这个新址比旧址要宽敞一些。从此，莎士比亚及其伙伴书局接待作者与读者更为方便了。

　　新店是在 1921 年 7 月 29 日开张的。店铺楼上的两个小房间也是一同租下的，不过住在里面的并不是希尔薇亚。她决定今后就住在亚德里埃娜的那套公寓里。两个姑娘不再力图掩盖她们的关系。亚德里埃娜的忠实顾客只要走过街道，就可以进入希尔薇亚那个英国味十足的迷人世界。

　　玩世不恭、滑稽可笑的保尔·莱奥托①从奥代翁街路过时，

① Paul Leautaud, 1872—1956, 法国作家。——译注

发现了莎士比亚及其伙伴书局，他在《文学日记》里写到：

"在奥代翁街，几年前开了一家英美书店。我不久前去了那里，说我有五六种在美国出版的书，问他们收不收。在做了解释之后，老板娘问我叫什么名字、住在哪里，我就把姓名住址写在一张纸上。老板娘看过纸条，问道：'怎么？您就是《水星杂志》的莱奥托先生？我们多喜欢读您的文章啊！而且喜欢它们的还不止我们。刚才我看着您，就对自己说：这该是莱奥托先生……'"接下来，她就问我那些动物的情况，她熟悉我家养的狗特迪，知道那是一条苏格兰硬毛猎犬。她非常客气，要亲自照管我的书的销售，我原来只要书价的百分之五十，她却照实价百分之百给我。"

莱奥托和别人一样，不可能对希尔薇亚·比奇的魅力无动于衷。她的口音，她把什么词都塞进一种有趣又有毛病的法式英语的可笑方式，对于玫瑰之乡封特纳这位喜欢批评人的讽刺作家，都极具吸引力。

这些流亡巴黎的外国人，不论是作家、诗人，还是英美两国的出版商，都在莎士比亚及其伙伴书局和格楚德·斯泰因的工作室里找到了文化的、关心的、倾听的和调动文学激情的话题，不过也感受到了一种博大的精神和一种少见的包容，从前他们在国内，在清教徒似的严峻氛围里，是感受不到其好处的。

"1919年，当我在远离祖国的异国他乡开办书店的时候，"希尔薇亚·比奇写道，"根本没有预见到大西洋那边严厉的书报审查会给莎士比亚及其伙伴书局带来很大一部分客源：这就是二十年代那些远渡重洋来到巴黎，在塞纳河左岸定居的美国人。"①

在美国文学界，莎士比亚及其伙伴书局的开张意味着来巴黎的人有了一个需要牢记的地址。看到这么多美国人来到她的书店，就像一些忠实信徒涌到一个圣地朝拜，希尔薇亚·比奇觉得意外。在这些虔诚的文化香客看来，除了巴黎的一些名胜古迹，一些举世闻名的大艺术家，如詹姆斯·乔伊斯、埃兹拉·庞德、帕勃罗·毕加索、伊戈尔·斯特拉文斯基等，也都具有强大的吸引力。

最先引人注意的是作曲家乔治·安太尔②和一个年轻的匈牙利女子，即他在柏林一见钟情的妻子。年轻作曲家的父亲，新泽西特伦顿"友谊鞋城"的老板，未能说服儿子投身鞋业接老爹的班。乔治·安太尔十八岁就去了费城学音乐。爱德华·波克太太——"妇女用品商店"的老板娘是音乐学院的创办人，也是费城乐团的资助人，认为这个年轻人是个很有培养前途的钢琴苗子，于是她便负担了他的学费和生活费。安太尔成为国际著名演奏家之后，在一次德国巡回演出之中，决定放弃钢琴演奏这门职业，全身心投入作曲事业。在柏林，他见到了斯特拉文斯基，此人对他此后的创作产生了巨大影响。波克太太听

---

① 希尔薇亚·比奇：《莎士比亚及其伙伴书局》，乔治·亚当将其从英文翻译成法文，法国水星出版社1962年版。——原注

② George Antheil，1900—1959，美国钢琴家与作曲家。——原注

到安太尔放弃了钢琴演奏，大失所望，从费城向他发来通告，停止对他的资助，直到他能够证明自己的抉择是对的时为止。

乔治·安太尔携妻来到莎士比亚及其伙伴书局的时候正好二十岁。希尔薇亚证实说，这还是两个孩子。巡回演出赚的钱所剩不多，他们就靠这点微薄的积蓄生活。希尔薇亚是个善良的天使，及时赶来援助他们。她把书店上面的两间小房腾出来，让给他们暂时安身。从奥代翁街经过的人，看见年轻人顺着书店招牌上二楼房间，常会大吃一惊：因为冒失的乔治·安太尔总是忘记拿钥匙，只好从窗户爬进屋。

乔治·安太尔从1920年到1930年住在巴黎，潜心作曲，得到了乔伊斯、庞德、萨蒂和毕加索的支持，被巴黎艺术界看作现代思潮的音乐发言人。在此期间，这个"乐坛坏小子"创作了其著名的《自动钢琴芭蕾舞曲》。在亚德里埃娜·莫尼埃那套公寓房里，他进行了试奏。乔伊斯、麦卡尔蒙（McAlmon），还有两个书店老板都被请来试听。作曲家使用的是一架"Lkeyela"琴，这是一种三辊自动钢琴，演奏需要复杂而迅速的动作，把可怜的安太尔累得要死。

女作家布莱赫[①]的母亲埃伦曼女士和娜塔莉·巴尔内（Natalie Barney）给安太尔提供了必要的资助，使他完成了芭蕾舞曲的总谱。波克太太又复萌善心，给安太尔寄来一张支票，以支付定于在香榭丽舍剧院举行的演奏会的费用。

作为一部需要八架钢琴、几架木琴、一些电铃、一架自动

––––––––––––––

① 原名维尼弗雷德·埃伦曼，麦卡尔蒙后来的妻子。

钢琴和各种打击乐器合奏的曲谱，《自动钢琴芭蕾舞曲》于1926年6月19日在巴黎举行首次演奏，该曲打乱了传统的音乐程式，引起大哗。那天晚上，香榭丽舍剧院人满为患，连过道都站了人。在一间挤得满满的乐厅里，埃兹拉·庞德率领麦卡尔蒙一伙，穿得整整齐齐，来给乔治·安太尔捧场。乔伊斯一家坐在一个包厢里，T. S. 艾略特特意从伦敦赶来，穿得十分潇洒，陪同巴希亚诺王妃[①]也坐在那里。

大家注意到，观众中间有个一身黑装的妇人，雍容华贵，气质高雅，对着每位来宾颔首致意。有人认为，这一定是巴黎上流社会的某个人物。嗨！亚德里埃娜朝希尔薇亚回过头，小声说："这不过是给你看门的女人呐。"

从头几个节拍开始，琴声就被一片嗯哨声盖住了。在长廊和包厢里，抗议声汇成一股风暴。埃兹拉·庞德大声叫喊，想让大家保持安静，可是在乐队席上人们竟至动起手来了。

演奏在一片混乱中继续进行。根据总谱安排的另类乐器——飞机的螺旋桨突然轰隆隆地响起来，刮起一股大风，将斯图亚特·吉尔贝[②]邻座一个观众的假发吹到了大厅里。气流格外清凉，穿着晚礼服的女人冷得打起了哆嗦。男人们则竖起了无尾常礼服的领子。

在这片吵闹声中，表演家们坚守舞台不为所动，继续操纵

① Princesse Marguerite Caetani de Bassiano，1880—1963，原籍美国的贵妇，曾经资助由瓦莱里、法尔格和拉尔博主编、由亚德里埃娜·莫尼埃出版的杂志《交流》。——原注

② Stuart Gilbert，英国退休行政官员，自愿给《交流》杂志校对清样。亚德里埃娜·莫尼埃组织翻译《尤利西斯》，他是头一个支持者。——原注

机器、弹奏乐器。那天晚上，《自动钢琴芭蕾舞曲》的音乐虽然十分难听，但是观众的吵闹却让狂热的达达主义信徒大喜过望。安太尔顶着时事新闻的火力，成了各家报纸头版报道的人物。正当有人劝他利用这个事件更深地卷进周围的漩涡之时，他却失踪了。

有人叫他动身去非洲寻找新的节奏。过了几年，当乔治·安太尔最终回到美国以后，不肯继续年轻时的先锋派尝试，转而迷上了一种新浪漫主义的抒情音乐。

1936年，乔治·安太尔在好莱坞安顿下来，一边给电影配乐，一边写作一部糅合了交响乐与室内乐的作品。他的歌剧《狐狸》标志着他的抒情性作品所达到的高度。

乔治·安太尔①于1959年在纽约逝世，时年不到六十岁。法国音乐界对他似乎有些淡忘。

---

① 除了《自动钢琴芭蕾舞曲》，乔治·安太尔还创作有六部交响曲，三部歌剧，两部芭蕾舞剧，还有很多小提琴和钢琴奏鸣曲。2003年，美国有人将他的钢琴奏鸣曲录制成唱片。

七

　　1921 年，当年轻的美国诗人罗伯特·麦卡尔蒙①携同新妻来
到巴黎时，他只知道一个地址：莎士比亚及其伙伴书局。诗人
诞生于 1895 年，父亲是米德韦斯特城长老会的一个牧师，原籍
爱尔兰－苏格兰。七个孩子中，他是老末。在纽约，他住在布
鲁克林大桥南端一条泊岸的驳船上，什么行当都干过，当过售
货员、记者、广告代理公司的文案。作为一个模样冷酷的年轻
人，他在一家画院当过裸体模特，报酬是一个钟头一美元。大
家认为波伯很有吸引力。他生有两只淡蓝眼睛，独具一种迷人
气质，女人见了他都会着迷，男人见了也不免动心。就连希尔
薇亚也被他征服了。他说话带点鼻音，拖腔拿调，可是表达的
思想既奇妙又虚幻。他喜欢高谈阔论，也喜欢听朋友说话，就

---

① Robert McAlmon，朋友们叫他波伯。

在闲聊中虚掷了不少光阴。

在蒙帕纳斯，麦卡尔蒙经常出入圆顶咖啡屋、圆屋咖啡馆，以及一些名叫澳洲犬、小马夫、林鹪、白鹳、维京人、KOSMOS的酒吧，在那里狂喝滥饮。在那些场所，他的魅力和威信起了作用，使人家把他看作他那个小团体的领袖人物。于是，他每次选定一家咖啡馆或一家酒吧，那些跟随他的小兄弟就围上来，给店家带来滚滚财源。

他新近娶了英国姑娘布莱赫。一场门当户对的婚姻。布莱赫是笔名，本名是维尼弗雷德·埃伦曼。这个年轻女子既是作家，又是出版商，父亲是财雄势大的银行家约翰·埃伦曼，乔治五世时代最有钱、最引人注目的人物之一。维尼弗雷德小时候在索林格群岛度过假，布莱赫就是其中一个小岛的名字。那时候，父母特别宠爱她这个小姑娘，可是等到她年纪稍大，怪异的性格与独特的爱好已经养成，父母就束手无策，只能听之任了。布莱赫从小就不喜欢洋娃娃、衬裙袍子和扎头发的丝带等女性服装饰物和玩具。还在少年时期，她就梦想到海上游玩，想走出身边狭小的空间，获得真正的自由。布莱赫只有一个心愿，就是摆脱家长的监护。在持身严谨传统保守的英国上流社会，她与终生女友希尔达·杜利特尔的关系是得不到大家接受的。一场婚姻可以使约翰爵士夫妇免遭伦敦城和白金汉宫方面的羞辱。

在纽约的一场鸡尾酒会上，威廉·卡尔洛·威廉将罗伯特·麦卡尔蒙介绍给布莱赫和与她形影不离的朋友希尔达·杜利特尔①。当时，麦卡尔蒙与两个姑娘保持了很好的关系，可是并不知道布莱赫就是约翰·布莱赫爵士、英格兰第一纳税人的女儿，因为在严格而锐利的眼光看来，这姑娘头发是棕色的，皮肤也有点儿黑。麦卡尔蒙跟她们说起自己这个放荡哥儿充满文学梦想的游戏人生，让她们很是开心。于是在布莱赫的脑子里就萌生了嫁给他的念头。她觉得与这个小伙子结合，是对父母一个理想的妥协，可以让他们放心。这个计划也正中花心的麦卡尔蒙下怀。当然，他得答应"未婚妻"提出的条件，这就是他们只是形式上结合，婚后各自生活，互不干涉。麦卡尔蒙办事光明磊落，是个利他主义者，不仅接受了这个条件，而且保证遵守协议，让布莱赫放心。后来，他得知了年轻妻子的显赫家世，除被惊得目瞪口呆之余，就只有庆幸自己作了英明决定了。

这场形式婚姻对双方都有好处。布莱赫摆脱了父母的控制和在英国的传统生活，而对波伯来说，则是立即动身前往欧洲，并终于在巴黎遇到乔伊斯，在那里他获得了靠岳丈家供给的可观年金生活的机会。

1921年2月14日，也就是他们相遇的次日，两人举行了民事婚礼，只邀请了一些亲人与密友参加。布莱赫的父母面对既成事实，只好在布里伍德酒店为小两口摆了一桌酒宴，请希尔达·杜利特尔、威廉夫妇、麦卡尔蒙的姐姐出席。埃伦曼爵士夫妇对这个既出乎意料又如此坚定执著的女婿很有好感。

---

① 大家都管她叫 H. D. 。

约翰爵士给女儿女婿订了豪华的新婚套房。这下布莱赫的父母放心了；在世界上最好的地方，一切都显得非常顺利。

小两口立即享受婚后的快乐，次日即与希尔达·杜利特尔一起，乘白星公司的邮轮"凯尔特号"前往欧洲。

一到巴黎，罗伯特·麦卡尔蒙就领着妻子，赶到莎士比亚及其伙伴书局。希尔薇亚·比奇在沃吉拉尔街附二十二号的富瓦约旅馆给他们订了房间。旅馆坐落在图尔农街的拐角上，于1936 年被拆除，不过在二十世纪二十年代它靠着餐厅的美味佳肴可是在巴黎享足了盛名。富瓦约餐厅最有名的就是贝亚恩调味汁。这是一种用鸡蛋、黄油、嫩葱头等原料做的调味汁，因产自贝亚恩省，故以此冠名。有许多英国人与美国人经常来这家餐厅品尝美味，其中有乔治·穆尔（George Moore）、T. S. 艾略特、简妮·普费弗尔①、墨菲夫妇（Murphy）……

很久以前，希尔薇亚就寻思，有朝一日能不能结识布莱赫，海峡对面一个岛国上拥有如此显赫姓氏的小姐。她看到这一天来到自己书店的是"一个羞怯的英国姑娘，穿着剪裁合身的衣服，戴顶有两条飘带、让我想到水兵贝雷帽的女帽。我的目光无法从她的眼睛上移开：它们是那样蓝，比海蓝，比天蓝，甚至比意大利卡布里岛的蓝洞还要蓝。她的眼神更美丽，我一直对此赞叹不已"。布莱赫不喜欢饶舌，在希尔薇亚与波伯长久交谈的时候，她就在一边观察店里的情形，查看书架上摆的各类

---

① 海明威第二任妻子的妹妹。

书籍，任何细节都不放过，就像在长篇小说《贝奥伍尔夫》里描写茶馆时的样子。

为了保护她与女友希尔达·杜利特尔在瑞士的私生活不受打扰，布莱赫的所有书信都经希尔薇亚书店中转，这样就使埃伦曼爵士和妻子以为女儿女婿都住在巴黎。

对于布莱赫的正直、忠诚，以及她在莎士比亚及其伙伴书局困难时期所提供的资助，希尔薇亚深感满意、满怀感激。

罗伯特·麦卡尔蒙从此自由自在地在巴黎过起了奢华生活。可这种放荡的社会生活与他的文学创作是相抵触的。他一个人过不了日子，经常与那帮朋友一起饮酒作乐，喝得醉意醺醺，没法摆脱他们的控制。他打算远离他们吗？不行，只要有一个朋友发现他的藏身之所，发出信号，立刻就会有众多的朋友蜂拥而至。希尔薇亚·比奇曾经预料这个小伙子会做出惊人成就，看到他沉溺于酒肉，计划的作品一个字也没写，不免替他发愁。《此刻》杂志①的创办人欧内斯特·沃尔什曾不无奉承地称麦卡尔蒙为"我们美国最真诚最实在的作家，唯一能与约瑟夫·康拉德和詹姆斯·乔伊斯一较短长的人"，现在，此人似乎要让他所寄的希望落空了。

麦卡尔蒙到巴黎时迎接他的那些人，现在都为他酒中沉沦、借酒消愁以及那种苦涩的生活感到担心。

---

① 《This Quarter》，创立于1925年，得到埃兹拉·庞德的支持，海明威在创刊号上发表了作品。——原注

埃兹拉·庞德总是与人为善，他写信问一个朋友："麦卡尔蒙遇到什么不顺心的事情了吗？小伙子是变蠢了还是怎么啦？他有些最好的文章是私下印行的，真可惜。但愿他不会完全变成白痴。"

乔伊斯也感到不安，便邀请波伯去他家，把新近完成的作品朗诵给大家听。新作名字取得很巧妙：《一起当天才》（Being Geniuses Together）。乔伊斯表面上说听了很高兴，但私下里却表达了失望。麦卡尔蒙后来得悉，这位爱尔兰作家私下认为他的作品非常平庸。在乔伊斯看来，这篇文稿只是一通闲话，是"办公室小职员的抱负"。

《一起当天才》当时并没有出版，后来有人拿到这篇手稿，认为它叙述了作者与朋友年轻时在蒙帕纳斯所过的流亡生活，才于1938年在英国将其出版。稿子经过重新审订，并由凯·博伊尔（Kay Boyle）作跋。

罗伯特·麦卡尔蒙显得随心所欲、神经过敏且妄自尊大、目中无人，不过遇到确有才华的人，他还是愿意伸出援助之手。另外，这个小伙子生性多疑，嫉妒心重，看到海明威初获成功，感到气愤，认为此人忘记自己了，便大肆撒布谣言，对他恶毒诋毁，进行报复。另一方面，格楚德·斯泰因也没有得到更好的对待。在《流亡》杂志第四期，也是最后一期上，麦卡尔蒙毫不客气地对她提出批评。

不论白天黑夜，罗伯特·麦卡尔蒙都是蒙帕纳斯的活跃分子，因此，他也算得上疯狂年代侨居巴黎的美国流亡者中最为打眼的一个人物。

　　作为"垮掉的一代"极富代表性的人物、永远在旅行的作家兼出版商，其无与伦比的作品从未在法国初版或者再版。

八

1920 年，罗伯特·麦卡尔蒙和威廉·卡洛斯·威廉在纽约创办了他们的杂志《接触》，出版几期之后，他们在文学圈子里获得了一定的名望，须知那个圈子充塞了各种小出版物。我们仅举出哈里埃特·门罗①和玛丽安娜·穆尔②主编的《诗歌》，斯科菲尔德·塔耶③与玛丽安娜·穆尔主编的《对话》，玛格丽特·安德森主编的《小评论》（埃兹拉·庞德是该刊驻法国的通讯作者）；在伦敦出版的杂志我们也不能忘记——哈里埃特·肖·韦弗④主编的季刊《利己主义者》和 T. S. 艾略特主编的《标准》。在法国，只有莎士比亚及其伙伴书局才进了这些出版

① Harriet Monroe, 1860—1936，美国诗人，文学编辑。——原注
② Marianne Moore, 1887—1972，美国女诗人。——原注
③ Scofield Thayer, 1889—1982，美国文化圈名人。——原注
④ Harriet Shaw Weaver, 1876—1961。

物。蒙帕纳斯的流亡者选择这家书店来传播他们在这些印数有限的杂志上发表的诗文。

1922年，麦卡尔蒙把他在法国首都重新出版《接触》杂志的想法告诉了希尔薇亚·比奇。他打算在这个刊物上发表欧洲各主要国家和北美同期出版的文学作品。他说，他也希望把亨利·詹姆斯、T. S.艾略特、埃兹拉·庞德不大看重的一些美国作家推介出来。他还雄心勃勃，打算颂扬往昔的美国文学大师："我经常听人说，也经常读到人家写的文章，说美国从前没有文学，仅仅从这一代开始才有。各位亲爱的读者，你们千万不要相信这种鬼话。"他在《接触》杂志上写道。

麦卡尔蒙当时渴望让大家分享他对詹姆斯·芬尼莫尔·库柏、埃德加·艾伦·坡、马克·吐温、赫尔曼·梅尔维尔或者布雷特·哈特的作品的喜爱……重读这些作家的作品，使他认识了美国文学作品的主要价值，这就是：一种独特的叙述笔调、一种浪漫的激情和纯洁，一种高尚的诚实、一种对美国乡村的感人观察，或者对开拓者不凡经历的英雄主义描写。

这些追根溯源的工作，虽然带有一丝沙文主义的情绪，但汇集在一起，则会成为一种百科全书式的作品集，里面收入的文章不仅叙述美国光荣的历史事件，还追述美国这些传奇人物的往事："五月花号"上的旅客、不可阻止的克里斯托夫·哥伦布，或者作家兼探险家瓦尔特·雷利爵士①。麦卡尔蒙还想从一

---

① Sir Walter Raleigh, 1554—1618, 英国航海家、作家。作为伊丽莎白女王一世的朋友，他曾想在弗吉尼亚建立殖民地，未果。——原注

些被人遗忘的或者无名作者的日记里摘录一些发表，希尔薇亚也许能够从她的档案和出版商的目录里找到这些无名作者的踪迹。多亏他娶了布莱赫，手头宽裕，可以制定好几个出版计划，可以自由地在欧洲旅行，也可以每月寄给乔伊斯一百五十美元，因为这位作家为了写完《尤利西斯》，不得不辞掉了教授英语课的工作，断了生活来源。有段时间，乔伊斯的妻子与两个孩子的母亲诺拉就是依靠希尔薇亚·比奇和麦卡尔蒙的资助，才对付了一家人过日子的开销。

波伯的美好计划是仓促开始，匆匆收场。在从罗马寄给希尔薇亚的一封信里，他说已经准备了许多书打算出版，只是还没找到出版商。他打算过几个月推出一部中篇小说集，一部很厚的长篇小说：北美印第安人达科他部落一个家族的传奇故事，会超出十五万言。希尔薇亚对这个在奥代翁街宣布的宏大计划有所怀疑，担心波伯的热情不能持久，他的工作态度也不能让她放心。波伯在蒙帕纳斯和蒙马特尔过着放荡生活的流言严重损害了他的形象。对他而言，当务之急是重塑形象。他说自己从十五岁开始就喜欢邀朋呼友、花天酒地，控也控制不住，究其根源，恐怕与其极为喜欢交际的个性有密切关系。不过，他保证自己绝没有被那些奉承他的家伙蒙住眼睛，也没有被那些食客和别的寄生虫弄昏头脑，虽然那帮家伙晚上随他出来，毫不客气地利用他的慷慨赚吃赚喝。

他的岳父约翰爵士答应支持他新近开办的出版社——《接

触》出版公司，并拨给他十四万英镑作为周转金。这个喜讯刚在蒙帕纳斯和周边地区传开，就给奥代翁街引来大量书稿。希尔薇亚同意波伯把《接触》出版公司设在她的书店楼上。

一个不怀好意的流言传播开来，说麦卡尔蒙无论什么作品都会出版。波伯便在一份公告上回击，说出版商没有足够的时间来出版新人的作品；要他把收到的来稿一一审读，那也是不可能的事情。他毫不客气地宣布，他准备出版的作品不会照顾书店传统的商业周转。他打算出版威廉·卡洛斯·威廉的《春天以及其他一切》、德国女诗人弥娜·洛亚①的诗集《吕纳·巴达克》、美国诗人马斯登·哈德莉②的《二十五首诗》、欧内斯特·海明威的《短篇小说集》和两篇其他作品《后青春期》和《致哈斯提·本赫》。每部作品准备印三百册，寄赠经过选择的传媒机构、舆论界领袖和朋友熟人，剩下的交给几家书店尤其是莎士比亚及其伙伴书局销售，价格在一到五美元之间。

当印刷商莫里斯·达朗蒂埃尔把头一批制成品从第戎发来以后，希尔薇亚将它们收货进库，准备尽可能多卖出几本，然后将剩下的寄给在欧洲某处逗留的麦卡尔蒙。

麦卡尔蒙虽然不停地在欧洲旅行，但是从未中断对出版社的管理，每到一地，他就从旅馆房间、咖啡厅或者城里邮局发来指示，进行遥控。在通讯手段尚不发达的时代，这真是再荒

① Mina Loy, 1882—1966。

② Marsden Hartler, 1877—1943。

唐不过的一种管理方法。希尔薇亚既不能也不愿意承担《接触》出版公司图书的发行。对她而言，这个任务太重了，无法承担，因为她现在把时间精力都放在了《尤利西斯》的出版上。于是麦卡尔蒙答应另想办法。

九

美国新闻界联合会驻欧洲办事处的负责人威廉·伯德到法国不久，一次在圣路易岛的安茹沿河马路闲逛的时候，偶然发现了一家小印刷作坊。作坊主罗热·德维涅是个法国记者，拥有一架老式的手摇印刷机，并且在这架机器上印出了一些高档的产品。伯德一直渴望从事手工印刷这一行当，就去见德维涅，求他收自己为徒。作为交换，他向师傅提供全套精美的卡尔松字体样本。德维涅相信他是真的迷上了手工印刷，于是同意做这笔交易。

伯德带来了几部待印的小稿子，其中有一本《法国葡萄酒品鉴指南》，就是由他这个法国美酒的爱好者写的。没过多久，他熟悉了排字印刷的一整套工艺，他准备开一家自己的印刷厂。

安茹沿河马路二十九号，离德维涅的印刷作坊两步路远有个小门面，正好在这时空出来了。伯德把它租下来，买了架过时的马提厄印刷机，就把公司开起来了。他给作坊取名叫"三山印书馆"。

看到伯德这个睿智而谨慎的人出版一些先锋派的作品，并把自己当记者的大部分收入和大部分闲暇都投入到他所喜欢的出版职业，大家都感到惊讶。伯德本人作为内行的珍本收藏家，喜欢制作一些高档书籍，手工排版、手工印刷、选用上等好纸，并不考虑赚钱。

伯德同意与麦卡尔蒙这个旅行家合伙，他并不惧怕看到麦卡尔蒙回到这个狭小的办公室。他在里面仅有地方摆张小办公桌，可以在上面打打信函、填填订单。

按照他们1924年的计划，新来的合伙人明确表示，《接触》出版公司的书籍交由三山印书馆印刷。

收到第一批样书后，许多美国报纸的评论家都赞扬麦卡尔蒙出版了一批在美国难以出版的作品。反过来，另一些人则评论威廉·卡洛斯·威廉的《春天以及其他一切》，说它是一部别出心裁的作品，充满了滑稽模仿，其效果来自达达主义和超现实主义引入的凸版印刷革命。海明威的《短篇小说集》，弥娜·洛亚的《吕纳·巴德克》，玛丽亚·巴特的《竞技场上的阿希》，格楚德·斯泰因的《美国人的记号》，希尔达·杜利特尔的《重写人生》，以及由一个"时尚女士"写作并插图的《阿尔马纳克太太》都多少受到美国报纸的好评。

让人赞叹的裘娜·巴恩斯[1]干起活来不知疲倦，在法国已经

---

① Djuna Barnes，1892—1982，美国作家。——原注

写了《夜森林》，一部表现标新立异好走偏锋、描写曲折动荡的爱情故事的长篇小说。热情崇拜裘娜的女读者很容易认为她就是那位"时尚女士"。对那些不熟悉美国流亡者圈子成员的女读者来说，要给那些乔装改扮的人物对号入座，安个名字，无异于打赌冒险。裘娜·巴恩斯希望保护她那些好朋友，不想让人猜到她们的名字，有意搅乱线索。然而有一个人物还是很好认的，这就是伊凡吉林·缪塞，那个"迷上了怪异消遣的女子。她在1880年初就放弃家里的双套马车，像古代亚马逊女子一样骑起了骏马。而她父母却觉得坐在那辆双套马车上其乐无穷"。读者很容易猜出这就是雅科布街的那个女诗人，左岸那个既开书店又给人出主意的女老板娜塔莉·克利福德·巴尔纳。尽管起初是写着玩的，裘娜后来却打算把她的《阿尔马纳克太太》出版。她与提图斯接触，可是那位出版商的要求让她灰心。他不仅要作者支付印刷费，而且还要批发零售权，却不负责发行。最后，罗伯特·麦卡尔蒙拿回这部书稿，自己出钱将其出版，并作为一个慷慨的礼物送给裘娜。

十

1921 年来法国时，舍伍德·安德森①给欧内斯特·海明威写了一封介绍信，要他交给奥代翁街的书店。可是来到巴黎以后，欧内斯特·海明威却认为无此需要了。12 月的一天，他克制着腼腆，壮起胆子走进莎士比亚及其伙伴书局。这个二十二岁的年轻人身材高大，但仍显嫩拙——尽管蓄了两撇胡子，勉强遮住一点稚气。他用低沉的嗓音向希尔薇亚介绍自己，要求在她的借阅部注册。他身上一文不名，却得到了一张借书卡，希尔薇亚让他方便时再来交费。他的拘束感消除了，开始打量店里的情形，盯着那些著名作家的照片（其中有些是书店的常客），浏览着书架上那一排排书，最后才选了几本屠格涅夫、D. H. 劳伦斯、托尔斯泰的作品带走……希尔薇亚微笑着问他："借这么

---

① Sherwood Anderson，1876—1941，美国作家。——原注

多书，不准备再来看我了？"然而他的阅读量大得很，难以满足，没过几天又来了，还旧借新。

欧内斯特·海明威1899年出生于芝加哥郊区的栎树公园，父亲克拉伦斯是位医生。第一次世界大战期间，海明威志愿入伍参战。来到巴黎之前，他刚从一家军医院出来。1918年7月18日在意大利，一块弹片击中了他的膝部，他在医院住了两年疗伤。"您想看看我的伤口吗？"他问。想啊，她想看。海明威脱下鞋袜，撸起一条腿上的裤脚，把那几处给人留下深刻印象的伤疤指给希尔薇亚看，还告诉她，医院觉得他的伤情非常严重，曾经打算采取最后的手段。手术之前，院方出于慎重考虑，为他做了临终祈祷，免得医生的预言万一应验，来不及做祈祷就死了，得不到上帝的宽恕。

海明威对希尔薇亚非常信任，把父亲惨死的隐情告诉了她。他父亲是因为深感抑郁而自杀的，死后把那杆步枪作为遗产留给了他。可惜这是一个不好的兆头。

照海明威父亲的看法，医治衰弱最好的疗法就是户外生活，因此他让几个孩子都养成了喜爱自然的情趣。全家人一起到密歇根州北部的瓦隆湖度假期间，天刚蒙蒙亮他就叫孩子们起床，教他们钓鱼打猎。他在道德上十分严格，自己过的是清教徒似的日子，也不许孩子们上舞厅。他对跳舞深感厌恶，一男一女搂在一起做出的猥亵运动，让他很是反感。至于文学，他认为就是作教化用的。1925年，当他读了儿子的第一部短篇小说集《在我们的时代》后，竟然责备欧内斯特描写世界的暴行，而不赞美生活的快乐、乐观主义与教权。对这个绝望的自杀者来说，这是最后一件不如意的事。

一如后来的弗朗西斯·司各特·菲茨杰拉德（Francis Scott Fitzgerald），欧内斯特·海明威受了本国作家霍拉提奥·阿尔奇（Horatio Alger）著作的影响，年纪轻轻时就很想当个作家。

每天早上他都要上书店，浏览杂志之后，就沉下心来阅读马里亚特舰长的叙述。这是英国皇家海军的一个军官，所写的都是海上生活和爱情小说。海明威阅读的书籍，除了英美文学之外，还有俄罗斯作家的作品及法国作家福楼拜和莫泊桑作品的英译本，另外还有艺术与体育运动方面的图书。希尔薇亚给他取了个绰号，叫"极乐先生"，激起了别人的嫉妒，乔治·安太尔这个受到特别照顾、住在书店楼上的人就很不买账，因为海明威让他恼火："他总把自己当做艺术家；傻瓜总以为自己要夸夸其谈才显得聪明。"他在写给希尔薇亚的信里说，"而在傻瓜中间，海明威又是最傻的。"希尔薇亚很看重她那些"小兔子"之间的和睦，设法平息了安太尔的怨气，使店里店外恢复了安宁与和平。

海明威初到巴黎时，与妻子哈德莉在雅科布街一家旅馆短暂地住过几天，然后就搬到护墙广场附近的卡迪纳－勒莫瓦纳街七十四号居住。当年这个广场是巴黎公共汽车公司那些绿色大汽车的终点站。这个古色古香的穆弗街区，如今四通八达的广场，从前叫做圣梅达尔镇，是拾荒者的王国。擅写下层社会的小说家欧仁·苏，对这个街区倒是赞誉有加。

在《巴黎是个节日》里，海明威概括性地描述了年轻时度过的那些岁月："一个我们很穷但很快乐的年代。"

他与英美两国的记者作家来往不多，对那些无所事事、爱出风头的同胞，成天在蒙帕纳斯泡咖啡馆、嫉妒别人成功的假艺术家更是看不起。从《太阳照常升起》里的人物杰克·巴恩斯身上，我们看得出他对"时刻"酒吧的酒鬼与同性恋及"圆屋咖啡馆那边格林威治村的渣滓"没有半点同情。

每天他到笛卡儿街三十九号的一个阁楼间去写作。那是一座老房子，1896年1月6日，诗人魏尔伦在那里去世。

作为《多伦多明星周刊》驻巴黎的体育通讯员，海明威[①]应该观看每一场体育比赛。有时他把希尔薇亚·比奇和亚德里埃娜·莫尼埃也带去。在郊区梅尼尔蒙堂举行的拳击赛让两个女人过了很久还在回忆。在登上佩尔波尔地铁站体育场那些高得可怕的梯级之后（哈德莉当时怀着本比，也跟在后面攀登），她们观看了一场地下拳击赛，几个业余爱好者在花园深处搭起的一个台子上拼搏。有一局打得难分难解，看上去分不出胜负，可是裁判一个有争议的裁决，引起了观众与拳击手之间的对立，最后演化为一场混战。

---

① 海明威十九岁就被《堪萨斯城明星报》聘为记者。一次世界大战之后，他有几个月曾任《多伦多明星周刊》驻中东的通讯员。——原注

在巴黎冬季自行车赛车场举行的自行车竞赛，是当时体育赛季最为家喻户晓的事件，六天的竞赛让她们特别开心。这个比赛没有那么粗野，时间又长达一周，混在看台阶级上的观众群里，希尔薇亚和亚德里埃娜观看那些选手在山呼海啸般的助威声中转过弯道。在满场喧闹和烟尘之中，巴黎那些浑小子却视若无睹、置若罔闻，照样悠然自得地吃冷餐、饮红酒。高音喇叭宣布某位疯狂的短距离赛选手获得的奖金，声音嘈杂，听不清楚，他们又是尖叫又是跺脚，而看到某位涂脂抹粉衣着鲜丽的女明星观完比赛，由某位花花公子挽着手臂款款走来，他们却会报以起哄和嘲笑。当时影剧界的女星都喜欢这样在体育场馆露面。

作为马术爱好者，欧内斯特·海明威经常到奥特依和昂吉延的赛马场骑马，可是很不走运，尽管做了精心的预算，又有专业报刊的资助，可还是花费了家里的大笔银钱。眼看就要做父亲了，于是他作出一个理智的决定：不再玩耍，在给《多伦多明星周刊》写完锦标赛成绩与排名评论之余，尽可能多地写文学作品。

平常晚上，欧内斯特·海明威都要去观看激烈的体育竞赛，但是有一晚他却来到亚德里埃娜·莫尼埃家里，投入一项大胆的尝试，给两个朋友朗诵他的第一部短篇小说集《在我们的时代》。他认为这两个朋友的看法至关重要，她们的判断决定他能不能当作家。他认为她们在体育方面一窍不通，但对文学却很有见解。朗诵完毕，两个姑娘赞不绝口，都觉得他的文笔独到、极富个性，讲述故事编排情节的本事也让人吃惊。亚德里埃娜不容置辩地断言："海明威有一种真正的作家气质。"既然威廉·伯德和波伯·麦卡尔蒙只让"三山印书馆"印了几百册，并不拥有该小说集的专有出版权，为什么他不试试在美国出版呢？根据朋友约翰·多斯·帕索斯[1]和唐纳德·奥格登·斯图尔特[2]的建议，海明威把《三个故事与十首诗》中的散文部分，与《在我们的时代》的短篇叙述汇集一起，加上新写的几篇，通过斯图尔特，寄给了出版商多兰图书公司。多兰不感兴趣，转给同行诺普，他也不打算留用，就劝说利夫雷特出版。海明威在巴黎焦急等待的回答，终于通过两个朋友转来了，一个是唐纳德·奥格登·斯图尔特，另一个是查理·哈罗德·勒布[3]：美国的博尼与利夫雷特出版公司同意出版《在我们的时代》。不过有些段落词汇太生，恐怕令美国读者反感。1925年10月5日，在经过修改之后，《在我们的时代》终于出版，印数一千三百三十五册。一部短篇作品集，作者又没有名气，出版商怕亏本，就在护封上印了一些著名的受人尊重的作家，如约翰·多斯·帕索斯和舍伍德·安德森的好评。

终于找到了一家出版社，海明威欣喜万分，赶紧写信给博尼和利夫雷特，感谢他们同意出版他的作品，同时表示愿意做这家出版公司的签约作者：

"不用说，你们也知道，我的作品能由博尼与利夫雷特出版

---

[1] John Dos Passos, 1896—1970, 美国作家。——原注
[2] Donald Ogden Stewart, 1894—1980, 美国作家。——原注
[3] Charles Harold Loeb, 1905—1978, 美国报人、出版商、作家。——原注

公司出版，我有多么高兴。希望我能够成为你们可靠的台柱之一。这点要靠我们双方努力。"

作者的回复难免大胆了点，因为这时他的书尚未出版。大概是刚收到的一封给予好评的信给了他这么大的自信。来信人是斯克里伯纳出版公司的文学主管马克斯威尔·佩尔金斯[①]，司各特·菲茨杰拉德此时虽不认识他，却向他特别推荐了海明威的作品。

显然，佩尔金斯还在努力哄骗一个大有潜力的新手。他暗示说，在一家业界无名的小出版社出版作品有诸多不便。他还不知道海明威刚与他的竞争对手之一博尼与利夫雷特出版公司签订了合同。

---

① Maxwell Perkins, 1884—1947，美国出版商，菲茨杰拉德与海明威的好友。——原注

十一

"这并不是法兰西给你的，而是它没有从你这儿夺走的东西。"格楚德·斯泰因说，她指的是美国文化所规定的强制权与出让权。

在巴黎大多数像她这样离乡背井的女人看来，远赴他乡主要是能够支配自我。因为原来那个国家正在为精神和道德束缚所控制。而一个把伦理道德建立在商业价值、物质主义和保守主义基础上的民族，其实行的清规戒律和奉行的清教主义就是这些束缚的根源。

在选择流亡的同时，格楚德·斯泰因希望达到她的人生目标：写作。她预感巴黎将是最适合她施展作家才华的地方。反正比纽约强，她恨纽约。她在巴黎也可以摆脱弟弟利奥的专横，同时可以彻底忘记在美国的不幸初恋，那次绝情让她深受伤害。

在她看来，巴黎是一座理想的城市，它使她能够尽情享受作家生活，也给予她自由地搞同性恋的权利。

格楚德·斯泰因姐弟在弗勒吕斯街住下之初，谈论的主要是绘画与艺术。利奥是十九世纪末二十世纪初的油画专家，主要是他讲，格楚德听。接下来，随着年轻的美国作家慢慢地进入工作室，利奥便离开了这条街，让姐姐来打理这个场所。于是这里每周都举行类似文学沙龙的集会，格楚德就像马赛尔·普鲁斯特笔下的韦尔杜兰夫人，是这个沙龙的"女主人"。

起初，在这里还碰得到一些画家，四面墙壁上还挂着他们的作品。他们是毕加索和他的女友费尔南德·奥利维埃、马蒂斯两口子、布拉克、由阿波里奈尔和一些对现代艺术感兴趣的过路朋友陪伴的玛丽·洛朗森（Marie Laurencin）。不过他们很快就被在巴黎的美国作家，如约翰·多斯·帕索斯、阿希波德（Archibald）与亚达·麦克利什（Ada MacLeish）、唐纳德·奥格登·斯图尔特、内森·阿施（Nathan Asch）、欧内斯特·沃尔什（Ernest Walsh）、埃万·希普曼（Evan Shipman）等淹没了……大家都渴望听到"垮掉的一代"的女顾问发表的看法。那可是让你心服口服的意见。

出席这些不拘形式的集会不讲究着装。格楚德常常就穿天鹅绒的室内便袍，趿着雷蒙德·邓肯（Raymond Duncan）为她制作的拖鞋接待客人。

在离乡背井的同性恋者看来，这些集会的魔力可与雅科布街上娜塔莉·巴尔纳太太的沙龙相比。尽管后者显然更注重社交，也略显正式：客人在那里喝茶、吃糕点。

1909 年秋天，和格楚德·斯泰因和娜塔莉·巴尔纳一样，埃迪思·华顿（Edith Wharton）也觉得需要找个清静地方写东西，于是选择巴黎作为安身之地，在瓦莱纳街五十三号一套大房子里住下来。这几个女人都希望在一直要求表达自由的巴黎社会随心所欲地过日子。

与雅科布街和瓦莱纳街的豪华住所相反，格楚德·斯泰因的画室就像是斯巴达人的房子。那里笼罩着作家与诗人所习惯的放荡不羁的随意气氛。在一个零乱堆放着一些怪异杂物的地方，有一些路易十三风格的家具，围着一张佛罗伦萨式的充当书桌的长桌，一些中世纪和十六世纪的椅子与一些雕花的箱子放在一起，一些餐柜里随意摆放着意大利的雪花石罐子，一些普通瓷器与一些价格昂贵的东方瓷盘杂放在一起，一些印有图案的纸箱里装满了日本的石印画与毕加索的作品。房间中央摆着一只铸铁大火炉，更增添了怪异的杂乱印象。画室墙上挂的那些精美绝伦的当代绘画作品，与房间里这些不怎么"现代主义"的家具器物形成了奇特的对比。

格楚德·斯泰因庄严地坐在一把后文艺复兴时期的椅子上，满意地听着宾客们少不了对她表示的敬意，主持周六传统的聚会。她的样子温和宽厚，但是令人肃然起敬，厚实的上身前倾，两手放在大腿上，正是毕加索画的那幅肖像上的模样，但也不会不让人想到在卢浮宫博物馆陈列的让·多米尼克·安格尔画的《贝尔坦先生》。

在娜塔莉·巴尔纳位于雅科布街的家里，又是一种别样的气氛。那是一座稍往后缩的小楼，是从前萨克森元帅为法兰西喜剧院的分红演员、当时最红的名角亚德里埃娜·勒库弗勒尔[①]盖的公馆，是已逝巴黎的一个见证。不过，时至今日，这座贵族府第的一砖一木，仍然浸透了老巴黎的陈旧浪漫气息。当年拉辛曾挽着另一个名角桑普梅斯蕾的手臂在府内的花园里散步。十九世纪初，在园内的一个角落，建起了一座陶立克式的小庙，题词为"纪念友情"，似乎是在纪念府第的女主人与温柔的女友勒内·维维安[②]永久不散的结合。可惜女诗人后来动身旅行，一去不返。

走进大门，经过一个铺了地砖的内院，是一座两层小楼。楼前楼后是大片空地。这就是女诗人的隐修所，巴尔纳小姐的冥想之地。至于埃迪思·华顿的宽敞套房，坐落在瓦莱纳街一幢豪华大楼的二楼，有书房、宽敞的客厅、餐厅、厨房与配膳室、六个带卫生间的卧室，还有一个客厅是女管家与她的侍女专用的。

华顿太太常跑街区的古董店和画廊，从那里淘了一些家具和画作来布置家居。这是她最喜欢做的事情之一。在此期间，她患神经衰弱症的丈夫在美国住院治疗。虽说她打算与之分手，但几个月之后，却先被他抛下了。

埃迪思·华顿算不上美女，但是气质高贵、风度优雅，使

---

① Adrienne Lecouvreur, 1692—1730, 法国古代著名女演员，以演出高乃依、拉辛和伏尔泰的剧本出名，因为名气太大，被一个竞争对手毒杀。——译注
② Renee Vivien, 1877—1909, 又名波利娜·塔恩，法国女诗人。——译注

得稍嫌可憎的面貌也沾到些便宜。杰出的教育、可观的家财、经常的旅行，使她熟知欧洲文化。在巴黎，她身边总是围着一些文化名流，经常与她来往的是些像娜塔莉·巴尔纳的社会各界人士。

不过两个女人并没有见面，甚至总是有意避开见面。虽说两人都非常富裕，但过的生活却完全不同。娜塔莉只雇了两个佣人，而埃迪思雇了六个；娜塔莉是个热情的喜欢与人交往的女人，非常好客，而埃迪思冷漠、落落寡合，总是显得矜持；娜塔莉的花园里野草疯长，而埃迪思的花园收拾得干干净净、井井有条；娜塔莉喜欢乘敞篷马车出行，而埃迪思喜欢坐跑车。至于格楚德，她的日子过得简单随意；生活上的事情，她都交给阿莉丝·托克拉斯打理。

娜塔莉·巴尔纳接待了当时法国文学界最优秀的人物。保尔·瓦莱里、让·科克托、安德烈·纪德和科莱特在她家的客厅里遇到了埃兹拉·庞德、福特·马多克斯·福特、舍伍德·安德森、桑顿·怀尔德，以及一些崇奉古希腊女诗人萨福的女子，流亡巴黎的英美两国女文化人：娜塔莉的密友、女画家罗梅娜·布鲁克斯，奥斯卡的侄女多莉·怀尔德，前面提到的《阿尔马纳克太太》的作者裘娜·巴恩斯，《纽约人》驻巴黎通讯员，作家索利塔·索拉诺的同居女友雅内·弗兰纳……她们都是争取性解放和妇女精神解放的战士。

埃迪思·华顿在巴黎的生活却正好相反，她不大参与社交活动，接待的客人很少。她更愿意与老朋友和邻居沃尔特·贝里一起度过夜晚。

在埃迪思·华顿看来，1909年是关键的一年。除了得到瓦莱纳街的那套房子，7月3日在伦敦与《时报》驻巴黎通讯员莫顿·富勒顿的会面也让她震惊。他们一起在查灵克罗斯旅馆过夜，那位以记者的角色向她揭示了性的秘密。这个几乎还是处女的女人燃起了欲火，在四十七岁时头一次尝到了性的快乐；其时正是……

富勒顿被召往美国采访，他不在的时候，埃迪思·华顿就给他写诗、写信，努力压抑与他会合的愿望。那些诗写得感人，就是相当矫情。后来，在两人中断来往之后，她想要回那些信，可是男方没给。

这时，波士顿一些关于她丈夫行为的消息让她警醒。治疗特迪的医生把他的异常行为通知了妻子。特迪患的是躁狂抑郁症，一时非常兴奋，一时极其消沉，整天胡思乱想，胡言乱语，说买了套新房子并安置了一个情妇，说用太太的钱炒股亏了，还说乱买了一些用不上的东西。

除了在清醒时期管理过妻子的财产，这位丈夫一生没有做过什么大事。埃迪思·华顿是个富有的继承人，家里的财产包括在新英格兰的可观的动产与不动产和美国几家铁路公司的大量股份。这样的家产，在美国当然也算巨大了，可是埃迪思·华顿却不是仅坐享这笔财产，她还有自己的版税收入。譬如，她的小说《在幸运者家里》非常畅销，从1906年到1909年，给她带来了六万五千美元的收入。

埃迪思急于与丈夫离婚，很大一部分原因，是期望能够与莫顿·富勒顿结合。朋友们和给埃迪思·华顿写传的人都严肃地认为，富勒顿是个引人注目、野心勃勃的家伙，但是性格轻浮，为人肤浅。亨利·詹姆斯赞赏他，大概是把他视为一个可赞的弟子，可是得到这位大作家的夸奖，潇洒俊逸、喜欢自吹的富勒顿就不会娶埃迪思了。他们的来往慢慢少起来。对埃迪思来说，与这个给她留下深刻印象的男人结合的想法是不可能实现了。

十二

　　格楚德·斯泰因本可以为自己完成了二十世纪文学最伟大的旅行又写出了稿子而自豪。虽然在好些年头里，一些文学经纪人、出版商和忠实的朋友被派到和再次派到大西洋两岸，可她 2428 页打字稿的《美国制造》却一直没有找到出版者。1925 年 11 月，麦卡尔蒙决定出版这部稿子，从而结束这场不寻常的寻猎。

　　1911 年，遭一家英国出版社拒绝之后，这部手稿先是被放进一个抽屉深处，接下来发生了第一次世界大战，又在那里沉睡了四年。1923 年，在格楚德的朋友兼仰慕者卡尔·凡·韦滕[①]

[①]　Cal Van Vechten, 1880—1964，《卧室老虎》和《黑人天堂》的作者。作为摄影师，他留下了许多著名作家的肖像。——原注

的坚持下，手稿从抽屉取了出来，寄往纽约。在纽约，那位忠诚的朋友收到手稿之后，就交给出版商克诺普弗，建议他将其付梓出版。出版商抽出一些章节让人审读，以便作出定夺。但是裁定的结果却十分不利，命运已无法挽回，于是格楚德的希望彻底破灭了。

在此期间，《泛大西洋评论》的主编福特·马多克斯·福特被当时担任这家杂志秘书的海明威说服，同意发表这部著作的一些片段。一天晚上，格楚德看到一个非常兴奋的名叫欧内斯特·海明威的人来到弗勒吕斯街，通报这个喜讯。海明威对格楚德说，得马上把前五十页抽出来，拿去刊发。可是原稿装订得好好的，抽出来就会散页。于是海明威打算抄下这一部分，并且和格楚德马上动手，以便按时交付排版。海明威非常热心，不仅帮着抄稿，还把校正清样的任务承担下来。

让杂志首次发表这部传奇手稿的开头部分，海明威觉得很满意，他为自己表明了对格楚德·斯泰因的喜爱和自己的作家才华终被人承认而高兴。当福特·马多克斯·福特同意以连载的形式发表《美国制造》的时候，是否得到告知，清楚这是一部重要作品？六个月里连载了四个部分，之后，他开始为看不到作品的结尾而感到不安。据海明威的说法，福特认为这是一部巨著，要分三卷出版。如果他知道这部没完没了的作品的实际篇幅，会更愿意先跟格楚德·斯泰因谈好稿酬再来着手出版。

海明威曾建议格楚德开价三十法郎一页，保证说她肯定能得到这个标准的稿酬。他用约翰·奎恩①的话来作担保。约翰·奎恩不仅是杂志的资助人、富可敌国的律师、大师画作的收藏家，还是詹姆斯·乔伊斯手稿的古怪研究者。因此约翰·奎恩会付稿酬的。不过，1925年他的突然去世，打乱了关于出版手稿付酬的计算与商谈，也使杂志陷入灭顶之灾。

在克诺普弗和博尼与利夫雷特两家出版公司相继给予的希望之后，格楚德发现自己又回到了起点。简·希普②劝说 T. S. 艾略特在他的杂志《标准》上发表《美国制造》的部分片段，但她的努力没有成功。

当麦卡尔蒙在弥娜·洛亚的陪同下首次来到弗勒吕斯街时，竟为意外地发现了一个讨人喜欢的格楚德·斯泰因而感到吃惊。当然，如他所料，她说话有点结巴，也有点拿腔拿调，但是他发现的是一个人物。他曾经发誓对这个预言者没有半点好意，因此也没有考虑与她交朋友。然而他并不认为她的作品如何好，甚至他并不喜欢《三传记》系列中的第二部《梅朗夏》，但是照斯泰因的说法，这是她唯一"立得住"的作品。

1924年8月，麦卡尔蒙再次要求格楚德给一期杂志供稿。在这期杂志里，他准备刊发一些侨居巴黎的美国作家的小说，当然要挑在读者中最有名气的。格楚德给他寄去了《两个女人》，一篇不超过五百个单词的短文，如他所明确指出的，篇幅

---

① John Quinn, 1870—1925, 庞德、艾略特、乔伊斯的资助人，收藏有大量的现代绘画作品。——原注

② Jane Heap, 1887—1964,《文学评论》的编辑之一。——原注

还不到两页。这种友好的同行之谊驱使格楚德问他，愿不愿意出版她的手稿，如果出版，她保证至少购买五十册。

两人约好来年元月面谈。在那次面晤之中，格楚德·斯泰因向麦卡尔蒙提议，把她的手稿交给接触出版社出版，两年之内出版四到六卷。麦卡尔蒙当即一口同意，并答应格楚德·斯泰因的要求，寄送一份包括保证《美国制造》的作者著作权条款的合同。

在一份诱惑顾客的内容介绍里，麦卡尔蒙稍许作了些夸大，指出尽管读者急切地盼望这本书的出版，但他还是要请求读者稍稍等待，因为手稿付梓成书还需要一些时日。通过这份印刷的简介，他抨击了前面那些出版商唯利是图的行为，因为他们只是为了一些低下的商业理由就拒绝出版这部优美的作品。

麦卡尔蒙不久也发现这部作品冗长。他与合伙人安茹沿河马路的印刷厂老板伯德一起，计算出手稿有五十五万个词，比《尤利西斯》（三十七万九千词）多了将近三分之一[①]。如果按格楚德·斯泰因的提议，出一个四卷或六卷本，会有很大成本，于是他决定出两卷本，并且不忘提醒格楚德·斯泰因记住购书的承诺。两人在最后一刻达成的协议来得非常及时，使两人避免了关系破裂。

收到印刷商达朗蒂埃尔从第戎寄来的头几套校样之后，麦卡尔蒙和格楚德·斯泰因的客气关系就变了。格楚德对整个交

① 英美两国的出版商用词来计算书稿篇幅，一词相当于法文的五个符号或空白。——原注

易虽是满意的，但对匆匆拟定的合同却并不满意。因为合同订得含糊不清，既未规定作者的权利，也没有规定作者的样书数目，更没有对阿莉丝·托克拉斯所做的校对工作规定补贴。一个外行是无法完成校对工作的，因为他不仅不熟悉印刷符号，而且校样形式特别，没有标点。在这方面，一个朋友提醒格楚德·斯泰因注意，她的作品没有逗号，读起来是如何困难。可是照作者的说法，逗号没什么用处：她对朋友说："一段文字，意思是内在的、固有的，不应该依赖逗号而存在。逗号只是使人阅读时停顿、吸气的符号。人阅读时想在什么地方停顿吸气，自己是知道的，用不着照着标点来。"

朋友再三坚持，好不容易才得到同意，增加了两三个逗号，可是格楚德·斯泰因在阅读清样时，还是把它们删除了。

格楚德的指责把麦卡尔蒙搞得很烦恼，只好给她寄来一份新的合同文本。在关于他的出版商经历的札记里，他对两人合作期间格楚德的态度评价不高，说她是一个反复无常、狂妄自大的女人，认为她的要求过了度，丑陋的脾气近乎歇斯底里。

在得知格楚德和简·希普东奔西跑，想在美国找个愿意出版这部书稿的出版商后，麦卡尔蒙勃然大怒。他让她们明白，要是她们的背叛行为得逞，就会引来严重后果，他会把他的出版社印出的样书尽数销毁。

由于埃迪思·西特韦尔在《浪潮》上发表的一篇长文，格楚德·斯泰因在出版作品的努力中少了一些侥幸与可怕的挫折。这篇文章给她戴上了现代作家的桂冠，认为其作品接近表面上荒谬的音乐世界。这时仍然有人称她的作品是文学立体主义，相比之下，这样来理解她的作品更让她开心。

巴黎学派最有名的画家们都喜欢来格楚德·斯泰因位于弗勒吕斯街的工作室坐坐，新一代的盎格鲁－撒克逊作家也经常来这里虔诚地聆听她的文学见解，然而，这种聚会的影响，还有她令人尊敬的人格，在生前却并没有给她带来渴望得到的承认。不过，在蒙帕纳斯的那些疯狂岁月，她在人们的记忆中，是一个最有威望的人。

.

十三

1925 年 4 月底，一个和暖的黄昏，海明威在一对朋友夫妇的陪伴下来到蒙帕纳斯，在德朗布尔街的丹戈酒吧喝酒。酒吧老板是个美国人，名叫路易·韦尔森；老板娘是荷兰人，名叫尤襞；还有成了调酒师的前职业拳击手吉米·卡特，三人总是把他当朋友欢迎接待。

作为海明威的亲密朋友，吉米喜欢与他一起回忆往日冬季竞技场的二十回合拳击赛，或者回味两帮新手在花园里举行的地下挑战。两人对于斗牛和传说中的持剑斗牛士都怀有一种斗输了的公牛一般的狂热。肌肉强健的酒吧招待后来写了一部《回忆录》。在给这部书所作的序言里，欧内斯特·海明威回忆起两人过去的默契，以激励他的传统消费者："这家店后来成了什么？"从前在这条街十号开的是一家比斯特罗咖啡厅，1923 年被一个名叫哈罗的人盘下，改名为丹戈。顾客们给哈罗取了个诨名，叫"老丹戈"。哈罗请吉米当门童，不过在裁缝店将专门给他这位前拳击手缝制的饰有金绦的漂亮制服送来之前，吉米便给调酒师当帮手，学会了这门技艺。可是温厚的哈罗控制不住员工对酒精饮料的依赖，并因为这个酒鬼门童破了产。1924年他将店面盘给了韦尔森。

自从霍夫曼姑娘剧团的舞女弗洛希·马丁选择自由，在巴黎学习唱歌那天起，美国酒吧兼餐馆丹戈就红火起来。这位姑娘的慷慨、活力与快乐性情，给丹戈酒吧招引来各色酒鬼，他们都迷上了吉米调制出来的鸡尾酒。

过了三十五年，也就是 1960 年，海明威在《巴黎是个节日》（A Moveable Feast）里讲述了他在丹戈酒吧首次遇见司各特·菲茨杰拉德的那天下午的情形。读者也许不要把他的叙述过于当真："读者要是希望，也可把此书当成虚构作品。"作者在前言里打预防针，"不过一部虚构作品总可以给当做事实叙述的情节投去一缕光亮。"

既然序言如此坦诚，自由的读者便可以随意想象二十世纪上半叶两个最出名的美国作家首次会见的情形。他们充满暴风骤雨的并夹杂着嫉妒、敬重、不服气等情感的交往，有时让人想到那些老情人之间的关系。关于他们的友情，他们之间的书信比坊间的传闻要说得多一些，尽管那些传闻多少也接近事实。靠得住的一点，就是海明威与菲茨杰拉德在 1925 年 4 月的一天晚上曾在丹戈酒吧一起喝过酒。并且，尽管那天菲茨杰拉德灌下的香槟比理智要多，海明威却无权对他进行指责。

司各特·菲茨杰拉德出版了三部长篇小说，其中的《了不起的盖茨比》是一部杰作。有了这些成就，他就已经具有了作家的名声。1920年出版的长篇小说《天堂背面》，其中的人物成了对现实不满的某代美国人的代表。那些男孩女孩喜欢爵士乐、新舞，渴望自由，不肯接受长辈那些束缚个性的成规。可惜由于《天堂背面》被这些年轻人当做偶像一样崇拜，司各特·菲茨杰拉德长期背负着描写一个反叛年代的浅薄作家的名声。

在巴黎，海明威此时不过是一个写了几首诗和几个短篇，在《泛大西洋评论》发表和麦卡尔蒙的接触出版公司出版，印个百十来册分赠朋友的作者。不过美国的博尼与利夫雷特出版公司已经出版了他的作品。作为一个严肃作家的处女作，《在我们的时代》已经在作者的祖国引起了关注。

从体格上说，海明威与菲茨杰拉德两人毫无相似之处。假如他们要来一场拳击对抗赛，那么负责在头一天给两个对手检测身体的人会记下这些数据：海明威，身高一米八零，体重八十五公斤；菲茨杰拉德，身高一米七零，体重六十三公斤。一个是褐发，沉稳；一个是金发，轻浮。一个显得有几分威严，一个在海明威这个全球采访的记者和战场上受过伤的老战士面前，显得有些做作。他承认，由于未被选入母校普林斯顿大学的橄榄球队，又未到欧洲参战，他感到自卑。那天晚上，或许是受到低人一等的感觉和自抑的心理驱使，菲茨杰拉德在海明威面前有些胆怯，竟提了如此不得体的问题："您在结婚之前就和太太睡了吗?"

两个美国大作家的这次会见，就是这么奇特。他们一个被称为爵士乐时代的编年史家，另一个则被推定为美国小说史上革故鼎新的人。

海明威并不是不知道作家菲茨杰拉德的名气。他记得菲茨杰拉德在《星期六晚邮报》上发表的那些短篇小说。那时他给各大周刊投稿，都被退回。他的未婚妻哈德莉读了《天堂背面》，夸赞这部长篇处女作"节奏充满了青春活力"；他听了这些话，自然要受刺激。海明威虽然手头拮据，却不愿乱写东西发表来糟蹋自己严肃作家的名声，他认为就得这样坚守他的作家价值。然而菲茨杰拉德的作品在巴黎先锋派中间受到的欢迎，使后来《太阳照常升起》的作者对这种信念发生了怀疑。

海明威大概知道菲茨杰拉德读过他的《三故事和十首诗》，以及头版《在我们的时代》。美国最有名的批评家之一艾德蒙·威尔逊曾在《对话》杂志的一篇书评里赞扬了《在我们的时代》这本书，并在1924年推荐菲茨杰拉德读一读。菲茨杰拉德又马上把这本书的真正优点告诉了佩尔金斯——他的作品在斯克里伯纳出版公司的责任出版人，并告诉他作者是个美国青年，住在巴黎，在《泛大西洋评论》上发表过一些诗文。这时他还没有见过海明威，因此这些夸赞就更显得公正无私。作为自告奋勇替斯克里伯纳出版公司猎稿的经纪人，菲茨杰拉德听说海明威这三本书已与博尼与利夫雷特出版公司签了合同，很不愉快。1924年12月，他写信给佩尔金斯，告诉他来迟了，没有抓到海明威的稿子。不过他促使佩尔金斯与格楚德·斯泰因签了合同，并订下了雷蒙·拉迪盖的遗著《德·奥尔热伯爵的舞会》的翻译版权。

从1924年5月12日起，泽尔达与司各特·菲茨杰拉德在蒂尔西特街十四号，靠近瓦格拉姆大道拐角的大楼租了一套带家具的房间。大楼离凯旋门不远。房间在六楼，没有电梯。假冒的十八世纪家具，卫生欠佳的环境，以及泽尔达寻找仆人的困难，这些都不可能改变他们的先入之见。1921年他们首次来欧洲旅行，就对法国与法国人形成了不好的看法。那一年，他们在英国过了些舒适惬意的日子，来到法国后，觉得"让人很是失望、无聊"。在写给艾德蒙·威尔逊的一封信里，司各特·菲茨杰拉德写的话，伤害了一个从一场血腥战争中艰难站起来的国家："英国与美国未让德国侵入法国，多么遗憾！"接下来，还写了一些可恶的话，无非是说法国文化正在走向衰退。威尔逊则毫不客气地回答说，他是深受美国生活与习俗的浸染，因此不可能理解，也不可能评价法国风习的美妙。说完这些，他还尖刻地补上一句："只要换个环境，低等动物就活不下去。"

在法国，司各特下了决心，或是住在巴黎，或是住在蔚蓝海岸写完他的"盖茨比"。

在德朗布尔街的丹戈酒吧那次怪诞的见面之后，海明威与菲茨杰拉德又在"丁香园"相逢。司各特说服了欧内斯特：他要去买一根管子；要是海明威同意陪他到里昂去取在一家修理厂维修的雷诺汽车，他将非常高兴。

想到这次旅行，海明威感到兴奋。哈德莉是个好妻子，能有这么个机会让海明威放下工作，散散心，自然也十分高兴。

从火车站开始，就出现了意外情况：车票在司各特·菲茨杰拉德手上，可是他没有来。欧内斯特·海明威上了车，没有找到他。司各特来迟了，上了下一班火车。一路上意外不断，在经过一次充满菲茨杰拉德风格的旅行之后，两人终于在里昂会合了。

在给埃兹拉·庞德的一封信里，海明威讲述了他们沿着黄金海岸所作的旅行。他说，从蒙特拉舍到尚贝尔坦，他们什么都赶上了。

泽尔达让人把破损的车顶篷给掀掉了，不肯再换新的，理由是不喜欢看车里布的管线。当他们离开里昂时，老天开始下雨，我们这几个旅行者又没带雨衣，只好缩在路边偶然碰到的一家咖啡馆里躲避。不过下车来喝一杯歇歇脚也不是坏事。在这里他们还购买了一些饮料供路上喝。在车上，司各特是头一次就着瓶子喝酒，十分兴奋，觉得自己像个醉鬼，浑身酒气。他有慢性忧郁症，一直焦虑不安，不停地问欧内斯特各种疾病的症状。于是海明威这个"良医"就给病人开出有效的处方：喝一大杯马孔葡萄酒，病就好了。

那天边喝葡萄酒边冒雨行车的经历，他们记得清清楚楚。若干年以后，海明威打算与菲茨杰拉德再次开敞篷车去兜那么一圈，因为无篷汽车的传说在他们中间已经成了个经常拿来打趣的话题。

离开纽约，舍却在长岛狂欢的周末，跑到欧洲来寻找"一种新的生活节奏"，菲茨杰拉德并不觉得多么难过，因为他与巴黎新交的朋友们"过了一个快活的夏天，既不用干活，又天天玩乐，参加的聚会宴饮不下千场之多"。他成了鸡尾酒会的常客，经常与海明威一起，在塞纳河左岸那些酒吧咖啡厅喝得酩酊大醉。一些目击者肯定地说，曾见他们喝了一夜酒，大醉而归；海明威在《巴黎是个节日》里，避而不提这些买醉之夜与其他许多活动的细节。在那本书里，菲茨杰拉德只是个酒鬼，经常处于醉态，而他海明威则有节制得多，非常清醒理性，控制了局面，使得聚饮最后没有变成放纵。

1925 年，格楚德·斯泰因与海明威的关系仍然非常融洽。从 1922 年 5 月相识以来，两人就彼此产生了强烈的好感，这就促使欧内斯特向弗勒吕斯街的这几个女人开口，要请她们给儿子本比做教母。海明威写了文章，都送给格楚德·斯泰因一阅。格楚德·斯泰因对他的文章和写作生涯也表达了中肯的意见，海明威善于从这些意见中汲取教益。格楚德·斯泰因劝他放弃记者职业，专事文学创作，因为她预感到《丧钟为谁而鸣》的作者这些"既不弄虚作假也不耍花招"的叙述会大获成功。

"埃兹拉两次里有一次说得准，而格楚德却次次料事如神。"海明威对朋友们说了心里话。

出于感激之心，等他当上《泛大西洋评论》的编辑部秘书之后，他便大力促成《美国制造》删节本的发表。是他把流亡巴黎的美国作家领到格楚德·斯泰因家里。他们是：约翰·多斯·帕索斯，阿希波德、亚达·麦克利什、唐纳德·奥格登·斯图尔特、内森·阿施、欧内斯特·沃尔什、埃万·希普曼。1925年5月，他把司各特与泽尔达·菲茨杰拉德夫妇领来了。

两口子在弗勒吕斯街受到了热烈欢迎。司各特给格楚德和阿莉丝各送了一部《了不起的盖茨比》。才到20号，格楚德就从东南方的安省贝莱镇的寓所给菲茨杰拉德写信："我们拜读了大作，是一部优秀作品。"她对菲茨杰拉德说，她喜欢这种句式，简简单单，人人都看得明白。这是对这样一个过于讲究的作家所做的价值判断。这个作家的大部分文章只有内行的读者给予好评，而且他们是在反复阅读、逐渐加深理解之后。

有些幸运的英美青年围着格楚德·斯泰因打转。正如格楚德·斯泰因不加区别地称呼这群草地诗人与作家的那样，"垮掉的一代"发现了蔚蓝海岸，发现了这块胜地的美妙生活，发现了阳光下的闲情逸致，法国其时正力图在失而复得的和平中忘记大战的阴霾日子，因此，在这个国度，轻松生活促使人做出有利的改变。

萨拉与热拉尔德·墨菲是1921年来到巴黎的。正如女演员玛里安·赛尔德给他们取的诨名，这是"一对金童玉女"。他们相貌美丽、生活优裕、气质高雅，受过很好的教育，才华横溢。他们受艺术爱好驱使，来到欧洲侨居。他们已经完婚，尽管双方父母有些保留，因为两家的财力并不相当，在新教社会，这会引来一些社会等级问题。年轻夫妇决定按自己的意愿住在法国。他们带着三个孩子先在普莱斯堡街四号的美地宾馆下榻，随后搬到星形广场和布洛涅森林附近的科勒兹街二号的一套公寓。萨拉一年有七千美元收入，这是从几个孩子得自父母的财产里分得的份额，加之汇率又对美元有利，因此一家子即使称不上富裕，也可以过上舒适的日子。来巴黎之前，他们在英国住过一段时间，热拉尔德学的是风景建筑专业，希望看看并研究英国的园林。可是，他很快就被卷进了巴黎的大漩流，便放弃了在英国的打算，转而参与法国的艺术复兴。

当司各特与泽尔达遇到他们时，他们已经在巴黎住了三年，深深地融入了法国首都的文化环境，参加了艺术生活里的各种活动与表演展览。那几年是关键，对二十世纪初艺术的形成与确立至关重要。

十四

在海明威看来，墨菲两口子是些"可怕的人"。

阿希波德和麦克利什被两人迷住了，称他们给生活带来了一道闪电；唐纳德·奥格登·斯图尔特在这两个童话故事里的王子公主面前，竟至赞不绝口。菲茨杰拉德也着了迷，企图在《夜色温柔》里描述他们无法言传的魅力。

1921 年秋天，在一次晨间散步途中，热拉尔德偶尔在拉波埃蒂街的罗森堡画廊门前停步。在乔治·布拉克、帕勃罗·毕加索、胡安－格里的画作前他像是遭了电击，浑身一震，顿时呆了。这些画作的形状与颜色，立即在他内心唤起了深深的共鸣。他激动地对萨拉说："如果这也是绘画，那么我想绘的就是这样的东西。"热拉尔德放弃了园林专业，转而迷上了更加秘密的画室活计，开始了绘画生涯。他在这个行当浸没了九年，最后像开始一样，突然止步收笔。

头几节理论与实践的入门课是由娜塔利亚·贡查罗娃[①]在她的雅科布街画室里上的。在那里她把现代绘画的原则灌给了热拉尔德。那些原则建立在一种抽象的形状概念上。过了几个月，热拉尔德的画风大有长进，形成了一种融抽象与现实主义于一体、让人想到二十世纪六十年代美国波普艺术的个人风格。大尺寸，明快而均匀的色彩，对日常器物一丝不苟的描摹，这就是这些油画的特点。每完成一幅总要花费数月时间，因为他总是数易其稿，精益求精，进度缓慢。在1923年的独立画家沙龙上，他的油画《剃刀》集中了三件日常小用品：剃刀、钢笔、火柴盒。这是一件精美的画作，其准确与细致的表现手法似乎开了超现实主义的先河。费尔南德·莱热（Fernand Leger）将墨菲视为在巴黎的唯一的美国画家，言下之意则是：他是唯一能与法国现代绘画对话的美国画家。

当时巴黎有那么多让人感兴趣的艺术中心，以至于墨菲两口子不断出门，去观摩各种各样的表演，如由俄国人斯特拉文斯基和迪亚吉列夫领衔，以西班牙人毕加索和米洛为主，以美国作家埃兹拉·庞德与海明威为核心的艺术家圈子。每天都接到请帖：以艾里克·萨蒂（Erik Satie）为中心的年轻作曲家组成的六人乐队的音乐会，德·勃蒙伯爵安排的一场"巴黎晚会"，一出戏的创作表演，一场芭蕾舞的首演，以及在沃拉尔或者罗森堡的画展。在这些很有巴黎特点的活动中，你可以遇到

[①] Natalia Gontchrova, 1881—1962，俄国画家。曾为斯特拉文斯基的巴蕾舞剧《婚礼》绘过布景。——原注

全巴黎的名流贵人，上流社会的高雅人士就是在这些活动中得到承认的。

　　斯特拉文斯基的芭蕾舞剧《婚礼》，墨菲夫妇是场场必看。此剧的布景是由娜塔利亚·贡查罗娃制作的，画的是俄国农家一些室内细节。

　　该剧于1923年6月13日在歌舞剧院举行首演。剧团经理是欧内斯特·昂塞尔梅（Ernest Ansermet），年轻的舞蹈家和编舞乔治·巴兰钦（George Balanchine）从莫斯科赶来。多斯·帕索斯和卡明斯（Cummings）在剧院大厅里，前来观赏的还有《对话》的主编斯科菲尔德·塔耶（Scofield Thayer），让·科克托，布莱兹·桑德拉，帕勃罗·毕加索，达利乌斯·米洛（Darius Milhaud）……

　　如果说《婚礼》的成功有德·波利尼亚克王妃的一份功劳，因为她对此剧做了精彩的评论，那么墨菲夫妇的积极参与同样功不可没。为了感谢促成芭蕾舞剧首演成功的所有艺术家与朋友，热拉尔德与萨拉邀请他们参加一个不寻常的晚会。为了寻找一个适合的独特场所，他们费了不少心思。先是找麦德拉诺马戏院经理商量，却遭到无理拒绝；事情虽然出人意料，却无法挽回："麦德拉诺马戏院还不是美国殖民地。"一句话就把墨菲夫妇打发走了。最后他们只好租下泊在协和桥附近由一艘船舶改装的水上餐厅，订在6月17日星期日，也就是在香榭丽舍剧院首场演出的次日举行盛宴。到了那晚，特邀嘉宾伊戈尔·斯特拉文斯基从十九点起就在餐厅忙碌，给大约四十位来宾安排座位。他们都是现代艺术最有代表性的人物：帕勃罗·毕加索和达利乌斯·米洛，让·科克托，欧内斯特·昂塞尔梅，女作曲家热尔麦娜·泰伊费尔（Germaine Tailleferre），女钢琴师马赛尔·梅耶（Marcelle Meyer），娜塔利亚·贡查罗娃与伴侣米歇尔·拉里维诺夫，特里斯丹·查拉，布莱兹·桑德拉，斯科菲尔德·塔耶。热拉尔德得到敬重，坐席被安排在德·波利尼亚克王妃的右边。

晚宴上由欧内斯特·昂塞尔梅和马赛尔·梅耶演奏了钢琴，四个芭蕾舞女演员与两个男演员跳了一些舞段，让·科克托穿着船长制服在甲板上踱步，把头伸进舱窗，哭丧着声音报告："船要沉了。"众人一直玩到天快亮了才分手散去。因为喝多了香槟酒的缘故，大家都有了些醉意。不过对于这场永远刻记在俄罗斯芭蕾舞史册上的盛会，宾客们都不会忘记。

盛会之后，墨菲夫妇就动身去了蔚蓝海岸。在那个年代的夏季，里维埃拉也没有多少游客，柯尔·波特①让他们发现了这个胜地的魅力。在昂地布，他们心醉神迷地享受着晴日的和暖、夜晚的清凉、海水的碧绿、舒适的拉加卢普小沙滩和柔软的海藻床；来这个小湾洗海水浴的人不多，就他们几个。他们选定了这个伊甸园，并说服给他们提供住宿的海岬小旅馆的业主，在 5 月 1 日，也就是季节性关门的日子之后，仍然开门营业。

---

① Cole Porter，1891—1964，美国作曲家，一战期间曾加入外籍军团，在巴黎居留多年。——原注

这年夏天，毕加索来看望他们，并且在离小旅馆不远的地方租了一座别墅。帕勃罗的母亲拉塞诺拉·玛利亚·瑞芝和美丽的奥尔伽·柯克诺瓦（Olga Koklova）跟他住在一起。奥尔伽是俄罗斯芭蕾舞团的女演员，1918年嫁给毕加索，为他生下了儿子保洛。萨拉与热拉尔德每天都与他们见面。帕勃罗对芸芸众生与日常生活细节的思考让他们觉得趣味盎然，虽然其中不乏荒唐可笑与刻薄之处。有天早上，毕加索收到一封巴黎来信，格楚德·斯泰因在信中告诉帕勃罗，她在罗森堡看到他的一幅油画，非常喜欢，求他同意拿他画的她那幅著名肖像去交换。墨菲夫妇觉得反感，认为这个要求有点过分，很是无礼。可是毕加索笑眯眯地回答说："是啊，很是无礼；可我这样喜欢她，有什么办法?"

不久，格楚德·斯泰因和阿莉丝·托克拉斯来到昂地布。在她逗留期间，墨菲夫妇注意到的只可能是她与帕勃罗同气相求的关系。那分亲密的程度，远远超出了单纯的喜爱。

萨拉与热拉尔德一直想买一幢带花园的房子，到了夏季末尾，他们在昂地布灯塔下方发现了一幢小小的木屋。房主是一个法国军官，在近东部队服役，因此没有多少闲暇照料自己的房产。每年回来休假，他都要在房子四周栽上一些东方的花草树木。房前有一座小丘，挡住了从西北面吹来的密史脱拉寒风。椰枣树、胡椒树、橄榄树、柠檬树、无花果树都处在野生状态下，在天芥菜与金合欢的花香中茁壮成长。墨菲夫妇花了两年时间来改造这座别墅，并给它改名为"亚美利加庄园"。

他们把尖屋顶改平，做了个屋顶露台——在一个要考虑遮挡日晒的地区，这也是一种创新。然后，他们布置了几间儿童房，在大门口铺了大理石地砖，把一株百年椴树的脚边清理干净，以后，他们将在这株大树的树荫下吃饭。屋里摆设了从周边小咖啡馆淘来的白木餐桌和藤椅。热拉尔德把它们漆成深色，与雪白的墙壁构成鲜明的对比。房间虽然装饰简单，但是萨拉从花园里采来一束束鲜花，摆在起居室里，给家里带来了清新而欢快的色调。

回到巴黎，在别墅翻修期间，墨菲夫妇过了一个非常忙碌的冬天，因为热拉尔德与瑞典芭蕾舞团开始了意外的合作。就在他给芭蕾舞剧《创世纪》绘制布景的时候，费尔南德·莱热将墨菲介绍给瑞典芭蕾舞团的创办人罗尔夫·德·马雷（Rolf de Mare）。而让·波尔林则是该团的编舞兼首席舞蹈家。舞剧订在 1923 年 10 月 25 日在香榭丽舍剧院举行首演。马雷建议墨菲为演出设计一个启幕装置。

热拉尔德编写的芭蕾舞剧本起初取名为《下船客》，后来放弃了，转而采用了《定额之内》，暗指美国的移民定额，其讽刺的矛头稍许指向了"美国的生活方式"。热拉尔德负责为该剧编写台本和安排布景。在他看来，这是一种认可，虽然他常常被看作美国的花花公子。有人说他是"美国流亡者中融入巴黎生活最深的家伙"。罗尔夫·德·马雷相信他的趣味与想象力能够给舞剧带来现代感、新奇性和幽默味，遂放手让他去挑选作曲家。

热拉尔德选择作曲家柯尔·波特来创作这出芭蕾舞剧的音

乐，给了这个朋友一个展现才华的机会。此前，这位作曲家与南部上层社会的年轻美女林达·李（Linda Lee）结婚，激起种种议论，使人反而忽视了他的才华。柯尔·波特写的爵士乐杰出而有灵性，使人联想到了一些从黑人歌曲宝库借来的主旋律。这是他在百老汇公众那里取得巨大成功之前的首个重要作品。作为布景，热拉尔德选择一幅深沉的油画，画面是一张巨大的美国报纸，是对赫斯特[①]的报纸的滑稽模仿。标题下面，看得出一艘邮轮泊在伍尔沃斯大楼前面，大楼周围是一些引人注目的社论，上面飘起一面大旗，声称"一个银行家买下大西洋"。首演当晚，当大幕徐徐升起，毕加索看着背景上的巨大油画，附在热拉尔德耳边小声说："这个，美啊。"

这出芭蕾舞剧在香榭丽舍剧院一连演了三场。演出赢得了全巴黎的热烈欢迎。然后，剧团就到美国去作规模盛大的巡回演出。

布莱兹·桑德拉的《创世纪》剧本，受到他两年前出版的《黑人乐集》的启发，阐发了一些与犹太－基督教经典教义颇为不同的古代创世理论。罗尔夫·德·马雷一读到台本，立即着了迷，希望把它排成芭蕾舞剧。他要达利乌斯·米洛为该剧写音乐；一个受巴西音乐的非洲－美洲重音启示的有声世界。从波尔林这方面来说，仔细研究了罗尔夫·德·马雷收集的关于黑非洲舞蹈的纪录片，以便在编舞时确定动作与舞步。

当费尔南德·莱热设计的前台大幕徐徐拉起时，三个高达

---

① Hearst, 1863—1951, 美国著名报人。——原注

八米的巨大形象出现在台上。这就是创世的诸神。他们神态庄严，声音低沉，负责向最早一批人类通报生殖的时辰已到，给人留下了深刻印象。通过音乐、舞台和编舞的创新，瑞典芭蕾舞团的创作开创了二十世纪上半叶芭蕾舞历史的新时代。由于"创造了二十年代最出人意料、收益最丰的戏剧奇迹"，在剧团于巴黎的几次逗留期间，罗尔夫·德·马雷便享有了召集名流聚会的特权，他们是：克洛岱尔，科克托，皮卡比阿（Picabia），桑德拉，萨蒂，德彪西（Debussy），奥涅格（Honegger），米洛，莱热，博纳尔（Bonnard），德·基里科（De Chirico），勒内·克莱尔（Rene Clair）。

1924年春，"亚美利加庄园"的翻修尚未竣工，墨菲一家便在海岬旅馆重新租下了按季付款的房间。有几个朋友路过时去看望了他们，如毕加索一家子和德·勃蒙伯爵夫妇。在巴黎传说德·勃蒙伯爵是雷蒙·拉迪盖在贝纳尔·格拉塞出版社出版的长篇遗作《德·奥尔热伯爵的舞会》的人物原型。墨菲夫妇的女儿奥诺里亚不大情愿地陪同鲁道夫·瓦伦蒂诺（Rudolph Valentino）去了拉加卢普海滩，在那里与吉尔贝·赛尔德斯（Gilbert Seldes）及与他一同蜜月旅行的妻子相聚。

6月，泽尔达与菲茨杰拉德来到蔚蓝海岸，与墨菲夫妇会合。他们在瓦勒斯居尔租下了玛丽亚别墅，在那里制订了一年的生活计划。在巴黎时，两对夫妇之间产生了实在的好感。在蔚蓝海岸明媚的晴日里，他们乐于将友谊的纽带拉得更紧。司各特将在这里写完《了不起的盖茨比》，泽尔达则懒洋洋地在海滩上晒太阳，附近一个基地的年轻航空兵围着她大献殷勤。她喜欢上了一个飞行员，一个名叫艾图亚特·若藏的金发帅小伙。司各特大为恼怒，逼迫泽尔达与小伙子一刀两断，但是两夫妇从此有了怨隙。一场争吵最终演化为一场悲剧。有天晚上，两口子正驾着汽车沿着海岸行驶，泽尔达冷不防跳下车，从高出海面十米的一处悬崖跳了下去，把司各特吓坏了，差点也跟着跳了下去。第二天夜里，可怜的司各特惊惶失措、战战兢兢，持着一根小蜡烛，前来告诉墨菲夫妇，说泽尔达得了重病。其实，她是吃了大量的安眠药。司各特慌得六神无主，极力为泽尔达的行为开脱，肯定说她不是有意自杀。司各特一夜守着她，逼她不停地上楼下楼，保持清醒。唉，可惜这次小事故并不意味着麻烦结束，而只是一连串令人同情的烦人事的开端。在那段时间，两口子都过烦了强打精神、克制那些过分荒唐念头的生活，也不掩饰自己的消沉、抑制自己的神经质发作了。渐渐地，幻灭与醒悟让位于泽尔达的失望与疯狂。对于司各特那令人无法生气的幼稚，看到他对泽尔达表现出的赞赏，以及他对酒精的过度依赖，热拉尔德常常感到气愤。对于热拉尔德的高雅与自信，以及他那无可指责的行为，司各特兴许有点嫉妒，但又学不像，有时也对他来点中伤。墨菲夫妇对菲茨杰拉德夫妇乖戾行为的忍让，表明这对"金童玉女"是多么善于体察写出了《了不起的盖茨比》这部杰作的小说家的孤独与苦楚。

交往之初，墨菲夫妇先是被泽尔达迷住了，后来，在劝阻了司各特的慢性酒精中毒之后，才发现了他的人格与写作才华。

司各特肯定地认为泽尔达与他本人都是他一部小说中的人物，他们也赞同他的意见。因此，司各特与泽尔达认为，在他们旅居法国期间，热拉尔德与萨拉始终是他们耐心、殷切而忠实的朋友。

十五

三山出版公司在 1925 年 1 月出版的最后一本书，是麦卡尔蒙的《高贵气派》，内收三篇描写柏林同性恋圈子的小说。这也是在伯德照料下印刷的最后一批活儿，以后他就将印刷厂转让给了另一个印刷迷南希·康纳德（Nancy Cunard）。这些叙述文字写得悲怆感人，有时也滑稽可笑，无疑是罗贝特·麦卡尔蒙最成功的作品。

第二篇小说《克纳特小姐》得到了庞德与乔伊斯的高度评价，被翻译成法文。欧内斯特·瓦尔什（Ernest Walsh）在《此刻》杂志发表评论，称作者在表现其备受折磨的人物时不加褒贬，不作辩护，客观真实，自然大方，很有点"惠特曼"的风格。他说，《高贵气派》表明，作者技法纯熟，处理一个如此棘手的题材游刃有余。

1924 年 6 月，因为资助人约翰·奎恩的去世，《泛大西洋评论》的经营陷入了混乱。海明威说服克勒布斯·弗里恩德（Krebs Friend）来救助杂志。弗里恩德娶了个富婆，这女人不仅有钱，还比他大了四十岁。据她说，她的目标是把丈夫培养成一个处于"正常状态的男人"。福特·马多克斯·福特担心那个老悍妇会利用杂志的财务困境来谋取控制权。到了 8 月份，福特发现自己不得不把增补的股份卖给老太婆。这样一来，弗里恩德夫妇就持有了"泛大西洋出版公司"的大多数股份。克勒布斯·弗里恩德被任命为董事会主席，似乎处于"非常正常"的状态，然而统治他的那个女人却因为采取了一些严厉措施，压缩开支，让杂志的采编人员都觉得泄气。到了年底，福特与海明威虽然对弗里恩德两口子的经营感到不满，但因为自己无力为杂志争取新的资助，也就变得心灰意冷，索性听之任之，随《泛大西洋评论》去折腾。

次年，克勒布斯·弗里恩德准备推出一部小诗集，名叫《牧羊人》。他将诗集题献给可敬的妻子亨利埃塔，条件是她要拿钱印制一个豪华的插图版。

海明威大概是美国文学杂志最勤奋的供稿者之一。这些小杂志在流亡者群体和某些欧洲与美国的文学圈子里十分流行，他与这些杂志的合作日渐密切，他的作家名声也随之日渐隆盛。

从 1922 年起他在《两面人》杂志，1924 年在《小评论》杂志，1925 年在《此刻》杂志，1927 年在《流亡》和《过渡》杂志发表作品。最后，1929 年，他的《永别了，武器》的头几章在《斯克里伯纳》杂志上发表。

他是经司各特·菲茨杰拉德介绍，与《斯克里伯纳》杂志开始合作的。这家杂志给他的稿酬颇高，使他可以衣食无忧地住在巴黎，全身心地投入文学创作。

1929 年夏末，纽约证券交易所的暴跌免不了搅得海明威心神不安。他不时要求魏尔伦斯通报《永别了，武器》的销售情况，生怕他的作品压在书店卖不出去。魏尔伦斯直接把销量告诉菲茨杰拉德，说卖掉了三万六千册，他认为这样做是合适的，还说，尽管形势不妙，但他认为销数很快就会达到五万。可是，通过菲茨杰拉德中转这些信息，而不是直接向自己通报，海明威觉得魏尔伦斯羞辱了自己。不过他还是向魏尔伦斯表示了歉意，说自己性子太急，然而却把过错推到菲茨杰拉德头上：

"我只是在司各特的引逗下才写那些信的。"海明威写信告诉他的出版商，"我知道他是在引逗我，因为他觉得这样做有刺激。"

对于自己的介入，菲茨杰拉德却不是这样看。这个小事件在两个作家之间造成了一种新的紧张状态，使两人的关系暂时冷淡下来。

十六

美容与文学的怪异联姻。执著而暴发的女商人赫莲娜·鲁宾斯泰因[①]准备怎样把塞纳河右岸的小市民与蒙帕纳斯有教养而放浪不羁的人扯到一块呢？真难想象，这个离文化界如此之远的女企业家，竟要把自己实力雄厚的美容公司的部分收入拿出来资助一家书店，资助当时最有名的杂志《此刻》，资助一家先锋出版社。对这个在美容生意上捞金网银的女能人来说，这种投资是绝对赚不了钱的，只不过她丈夫爱德华·提图斯[②]是个高雅的文化人、艺术品收藏家、一个"什么事也干不了的人"，出于对丈夫的爱，她才对他有求必应；反过来，她听从丈夫的建议，收购了一些油画、艺术品和图书，却赚了不少钱，那些东

---

① Helena Rubinstein，1870—1965。
② Edward Titus，1885—1930。

西成了她令人叹为观止的收藏中的精品。

"太太"——大家这样称呼她，就像称呼可可·香奈尔"小姐"一样。"太太"住在勒沃[①]于1641年建造的、坐落在圣路易岛的贝图纳沿河马路的别墅里，而爱德华·提图斯则住在德朗布尔街一套相当简朴的公寓房里，楼下就是他的书店，离圆顶咖啡屋只有两步路。两夫妇祖籍都是波兰；妻子还很小的时候，就与家人一起逃出祖国，到了澳大利亚，丈夫也是很小就与父母一起生活在新奥尔良。他们在二十世纪初相逢，在英国结的婚。赫莲娜在那里开了第一家美容沙龙，巴黎的美容沙龙是在此后开的。1913年，他们带着两个儿子来到法国，但没有停留多久。1914年，他们离开战争中的法国去美国。赫莲娜将向美国妇女揭示用胭脂、香粉、睫毛膏和口红化妆的脸有多大的诱惑力。她的成功标志着以她的名字命名的美容集团开始走向世界各地。

太太在新大陆的各大城市忙于拓展业务，丈夫提图斯则带着孩子住在格林威治一座乡下房子里，过着无所事事的生活。在那里，太太雇了几个漂亮少妇，照料两个儿子罗伊与奥拉斯。丈夫由于掉以轻心，铸成大错：1916年，儿子爱德华随一个保姆私奔芝加哥。一个不可原谅的失足，导致夫妇两人分居。

太太独占欲强，醋意又重，自然觉得受了侮辱，可是她却没有与丈夫一刀两断。提图斯让她迷恋，她看不到他就觉得难受，于是她叹息自己没有办法，一辈子绑在他身上了。两人又

---

① Le Vau，1612—1670，法国古代著名建筑家。——译注

住到了一起，可是经常为哪个女人的一瞥或金钱问题打架。不过赌气也好，冷战也罢，转身又重归于好，而且更加亲密。

据接近两人的人说，赫莲娜一生看重的男人，唯有爱德华·提图斯与两个儿子。

爱德华·提图斯为自己的文学活动大把花钱，太太极不情愿地注意到，她成了一个作家圈子的资助人，尽管她根本不关心他们的作品。

D. H. 劳伦斯①和路德维希·刘易森②的作品在巴黎和别处出版，十分引人注目，接下来，由海明威作序，由她资助的蒙帕纳斯美丽的吉吉（KIKI）的回忆录英文版也出版了，太太觉得惊愕："我又没时间读他们的书，怎么可能知道这些作家有点价值呢？在我看来，他们都是疯子，永远要靠我舍饭吃。"

任何作家，哪怕是著名作家，都得不到赫莲娜的喜爱。他们的一切都只能让她产生轻蔑和鄙视。她的评论很不客气：乔伊斯什么都不懂，吃起东西来像只鸟，浑身发臭；海明威喜欢大声说话，虽然有些女人喜欢他，可是她绝对不喜欢；D. H. 劳伦斯只是个矮小的老实家伙，性格腼腆，一连几个钟头盯着半天云里。她对提图斯大发雷霆，指责他糟蹋银钱，"养了一帮无用的角色，没有任何收益"。

赫莲娜把所有男人，包括两个儿子，都当做雇员对待。提图斯对赫莲娜的精力，对她在生意行为上表现的好斗，对她易

---

① Lawrence，1885—1930，英国作家，诗人，《查泰莱夫人的情人》的作者。——原注
② Ludwig Lewisohn，1883—1955，原籍德国的美国作家。——原注

怒的粗暴性格感到惊讶，也就决定躲进书的世界，远离她的声音和怒气。他开了一家书店，招牌有些晦涩：黑矮人签名书店。确切地说这不是一家传统书店，而是一家珍本图书馆，一套文学珍品收藏馆。他那套独一无二的关于宪法权利的书被认为是最好的大学参考读物之一。有关美国的图书也是他喜欢的收藏。他收藏最稀有奇特的物品与文件，如美国首任总统乔治·华盛顿要求牙医给他修复假牙的那封信。在法国方面，他收藏了大量的名人签名与手稿。他的书架上收集了魏尔伦作品的初版书；有马拉美的签名，由马奈插图的艾伦·坡的《乌鸦》法译本；七星诗社的宣言；1549年出版的豪华精装本《保卫和光大法语》；还有许多1500年以前的书籍、通信集或者回忆录。"与提图斯交谈，就是在精神王国旅行。"黑矮人书店的一位常客这样说。

有时，有些来客觉得自己因为某个显露不良趣味或者可疑追求的迹象而受到特别注意。他们有可能被店里的人不声不响然而不容抗拒地带到门口。

不论店里店外，提图斯的表现都像个大绅士。经常被那些讨厌的和不知趣的家伙纠缠，他觉得很是厌烦，就憎恨起每天聚在附近露天咖啡座说长道短的那些人来了。作为一个愤世嫉俗的人，他始终钻在故纸堆里，以广博的知识为生。

对于那些有足够的知识与智慧而能够与他平起平坐的人，提图斯则显得非常恭敬，甚至毫不犹豫地把最出人意料的、最宝贵的宝藏从书柜或抽屉里拿出来，供客人赏玩。在真正的古本书和艺术品爱好者看来，黑矮人书店更像是个约会场所，而不是一家普通书店。

作为出版商，提图斯给美国诗人拉尔夫·契弗·顿宁
（Ralph Cheever Dunning）出版了一本三十二页的小诗集，名叫
《洛可可》。欧内斯特·瓦尔什在《此刻》杂志上发表评论，对
这部小诗集作了些讽刺挖苦，针对这篇文章，提图斯在田园圣
母院大街的邻居埃兹拉·庞德则称赞诗集很好。庞德说："要是
有谁感受不到顿宁诗句的优美，那就最好只去评论散文，让那
些略懂诗歌的人来评论诗歌好了。"

在乔伊斯看来，顿宁的诗有些"啰嗦"，不明白庞德为什么
如此起劲地为之辩护，"就好像顿宁是魏尔伦"。不论是褒还是
贬，顿宁都淡然处之，不动声色。福特·马多克斯·福特给他
取了个绰号："蒙帕纳斯的活佛"。

1905 年以来，顿宁就住在田园圣母院大街七十号一套简陋
的房间里。一次，《纽约先驱论坛报》巴黎分社的记者温布利·
鲍尔德，人称蒙帕纳斯流亡者中的詹姆斯·博斯韦尔[①]的角色，
在陪诗人回家之后，对他的陋室作了如下描写："一间小房，里
面只有一把椅子，一张行军床，一只炉子，还有一个书架。"白
天，顿宁坐在一家咖啡馆，面前摊一本书，摆一杯凝然不动的
热奶。他在喧闹的环境中读书，不与任何人讲话；熟悉他的嗓
音的人很少。提图斯重新担任《此刻》杂志主编时，萨缪尔·

---

① James boswell, 1740—1795，英国记者、回忆录作者，经常出入伦敦的文学圈子，与萨缪尔·约翰
逊过从甚密。——原注

普特内姆①担任他的助手，他说顿宁是个东方人，由此也让人得知，顿宁酷好鸦片。

对毒品的依赖增强了死亡的顽念。四十年来，顿宁对死亡一直怀着一种反常的偏爱，把"死亡看作人生最后一场重大的奇遇"。普特内姆在《此刻》杂志上写道。

顿宁只要拒绝进食，就可以实现自己的意愿。因此在动身去拉帕洛之前，埃兹拉·庞德担心这位朋友出事，就托海明威把一盒鸦片交给这个奄奄一息的可怜人。海明威办了这件事，可是这个不合时宜的人，因为打破了诗人与静默的交流，被他用一堆牛奶瓶砸了出来。在得知顿宁去世的消息后，庞德宣称"当代只有四五个诗人，他就是其中的一个"。

黑矮人书店出版的第二本书，是路德维希·刘易森的作品。此人出生于德国，是个业龄四十七年的老记者与教员。他于1925年来到巴黎，逃避一个像瘟疫一样的配偶。他后来把这位配偶当做女主人公写进了长篇小说《克鲁伯先生的命运》。他在最短的时间里写下用日耳曼人的精确笔调讲述的夫妇冲突的故事，寄给他的美国出版商利夫雷特出版公司。出版商觉得书稿有太多的诽谤攻击，没有接受。失望之下，路德维希·刘易森便将书稿交给提图斯，审读之后，提图斯同意出版，印制五百册。到年底，路德维希·刘易森就收到了头一批样书，并且将它们分赠给仔细挑选的一些友人。他很高兴有这么个机会，能让人忘记在美国遭受的挫折。那些舆论领袖很高兴地收下了赠

---

① Samuel Putnam, 1892—1950，《芝加哥早邮报》的记者、文学批评家，后为《此刻》副主编。

书，这种态度被作者当做一种精神上的满足来感知。不过紧随快乐而至的，却是来自圣路易和巴尔的摩的坏消息。美国邮政当局认为，路德维希·刘易森的作品违反了《联邦刑事法典》211条的规定，因此不许邮寄。不久，美国当局又利用这一条款，禁止《尤利西斯》在美国销行。提图斯扩散了这个消息，并在《过渡》杂志上刊登一则启事，声称"任何事件都不可能阻止《克鲁伯先生的命运》卖得更多，除非是出一个豪华版，限印五百册"。

提图斯出版的作品，卖得这样快，这还是头一次。路德维希·刘易森把这本书题献给他的父母与特尔玛·斯比尔，一个挤掉了他那暴脾气妻子的女歌手。但是特尔玛·斯比尔后来又被一个女记者给挤走了。

《纽约先驱论坛报》的专栏作者用这番证词，给他讲述出书经过的文章下结论说："平等的美国不仅准许不可调和的两种人格结合，而且把任何分开的企图都看作对民族道德的威胁。"

1931年，在《克鲁伯先生的命运》的再版序言里面，托马斯·曼重提这个话题，引起了欧洲人的警觉。本来，他们是不太关心路德维希·刘易森的作品所提出的这个问题的。欧洲人大概觉得自己的共生意识比美国人发达，其实错了。

在序言结尾，托马斯·曼写道：《克鲁伯先生的命运》"将把其影响扩大到大西洋彼岸，有助于美国的欧洲化，而美国的欧洲化将与我们的美国化相对称，其实是当代最优秀的美国人的愿望。"

1927 年，提图斯希望给亚瑟·施尼茨勒（Arthur Schnitzler）的淫秽剧《圆舞曲》出个英文版。在莉莉·沃尔夫，两个愿意参与黑矮人书店出版活动的迷人女子之一的帮助下，他翻译了剧本。他让另一个女雇员——画家兼雕塑家，非常美丽的波兰姑娘波莉娅·桑托夫——给书中的十章香艳文字插图。这种合作十分危险，因为"太太"时刻都可能觉察出其中的名堂，尤其是当她在德朗布尔街以外的地方被人追求的时候。

玛努埃尔·康罗夫[1]用下面这番话，讲述了提图斯让他在一出真正的滑稽小剧里扮演的角色：

"有一天，我偶然来到蒙帕纳斯尽头离黑矮人书店四五百米远的丁香园。那是向晚时分，到后不久，我就注意到提图斯与一个美丽的少妇波莉娅·桑托夫坐在咖啡厅的另一头。他们向我扬手示意，我也回了个手势。可是他们仍然不停地招手，指着桌子，示意我坐到他们那里去。我坚持不动，直到他们的手势更加急迫，我才端着杯子走过去。提图斯在我耳边低语，说他希望我过来同坐一桌，是因为玛戈太太（赫莲娜·鲁宾斯泰因）刚刚带着一个女友进来了，他不愿意让她看见他与一个美丽少妇单独相处。"

提图斯朝康罗夫狡黠地眨眨眼睛，请求他加入《圆舞曲》的编辑小组，嘴里是在表扬波莉娜·桑托夫的插图，暗里则是称赞他自己的"消费艺术"。

在提图斯看来，《查泰莱夫人的情人》的秘密出版是一个漂

---

① Manuel Komroff, 1890—1974, 美国作家、文学批评家。——原注

亮的媒体轰动事件。D. H. 劳伦斯以现实主义的直露手法创作的歌颂肉体之爱的小说，在舆论界引起轩然大波，把人分成了赞成与反对的两派。报纸与杂志拿出整版的篇幅议论这种"奢华的悠闲"（阿尔杜·赫胥黎语）。不过当时提图斯的注意力却放在一部格外质朴纯真的手搞上，这就是阿莉丝·普兰（Alice Prin）杂乱无章的回忆录。这个被绝大多数人选为蒙帕纳斯女王的勃艮地女人，其另一个名字吉吉更为有名。作为苏蒂纳（Soutine）、莫狄格利亚尼（Modgliani）、基斯林（Kisling）、乌特里洛（Utrilo）、福吉塔（Foujita）、佩尔·克罗特·曼·雷（Per Kroght Man Ray）等人的模特，有时还不止是模特，她留下了一些喜气洋洋的裸照。

两年来，提图斯一直敦促吉吉撰写回忆录。不过，吉吉嘴里是答应了，却并不认真兑现，仅仅是在她当时的好友亨利·布罗卡①的逼迫与强制之下，才写出了薄薄的几章。随后，这些"灵气而质朴"的文字以《吉吉的回忆》之名出版，福吉塔为之作序。

一如吉吉，亨利·布罗卡的童年并不是金色的。在尝试了种种职业之后，他引起了作家安德烈·达尔（André Dahl）的注意，后者把他作为插图作者介绍进《晚报》与《小报》工作。1926 年，他把自己为蒙帕纳斯最有名的人物作的画结集出版，接着创办了《巴黎－蒙帕纳斯》杂志。这是一份刊载疯狂年代本街区新闻的月刊。虽然有曼·雷作为合伙人，他却包下了杂

---

① Henri Broca, ? —1935，漫画家，《巴黎－蒙帕纳斯》杂志的出品人。——原注

志从编辑到拉广告的所有工作。

在 1929 年 4 月号里，他们宣布吉吉将撰写回忆录，交由巴黎－蒙帕纳斯出版社出版。除了普通版，还要印二百册带有编号的豪华本，并将于 6 月 25 日发售，届时将由布罗卡主持，在蒙帕纳斯大街四十二号的法尔斯塔弗酒吧举行签售仪式。从前丹戈酒吧的招待吉米·卡特当了这家酒吧的主管。在吉吉签名的时候，全蒙帕纳斯的人都在喝香槟酒庆贺。第二场签名售书活动于 10 月 26 日在拉斯帕依大马路的爱德华·洛伊书店举行。《芝加哥先驱论坛报》的欧洲版是这样报道这次活动的："周六晚吉吉拥抱了所有访客。将近九点，人们开始拥到拉斯帕依大马路一家书店的门口，排队等候签名。消息传到街区，当男人们听说只要花三十法郎，就立马可以得到一本《吉吉的回忆》、一个亲笔签名还有一个香吻时，就忘了他们的啤酒、约会和尊严，赶到书店门前。"

《吉吉的回忆》的出版和巴黎－蒙帕纳斯版的发行给布罗卡带来了短暂的荣耀，可是在无聊而放荡的生活中，为了跟上吉吉那不知疲倦的生活方式，他却把身体弄垮了，只得动身到山区去疗养。

回忆录是提图斯建议写的，他也因此认为自己功劳很大。既然法文版卖得火，他就考虑出一本英文版。为了给书稿充实一点分量，吉吉将提供二十来页补充文字，普特内姆将把全书翻译成英文。他已经花了好几年工夫翻译拉伯雷的《巨人传》，为这部长篇大作付出了巨大精力。而翻译吉吉的回忆录只不过小菜一碟，没什么可怕的。不过他不知道提图斯请了海明威写序言。可是读了原文之后，他表示翻译吉吉的书是犯罪，说不管译者如何有本事，都无法原汁原味地传达出原作的风采。他最后建议读者学法文，用这种玩笑方式回避实质问题。

普特内姆明白，他不仅得把文字，还得把吉吉本人译介给英语读者，重现"一个雨天的早晨，充满酒气与倦意的圆顶咖啡屋里的氛围"。确切地说，他看到吉吉变成了有血有肉的圣女黛莱丝——他觉得她们非常相像，他自己则成了圣热罗姆，保护翻译者的圣人。不过，要让英语读者觉得吉吉真实可信，就是把那些幸运的《圣经》译者的智慧拿来，也不知道能否做得到？照普特内姆的说法，吉吉的文字最明显的长处，就是"明白易懂"；他直言不讳地说她的文字可与法国古典大家的文字相媲美。他说他感受到一些人对此表露的敌意，不过，尽管遇到一些困难，他还是认为自己满怀敬意，忠实地完成了翻译。

如果把这部回忆录出版的规模与译者的谦卑态度做个对比，那么人们对蒙帕纳斯这位福神的朴实作品的重视则让人觉得意外。在译者前言里，普特内姆请求读者宽宥译文里可能出现的错误，包括接下译事这个行为本身，祈求上帝、吉吉——如果他们允许——和海明威原谅他水平有限。

在序言里，海明威表达了他对吉吉美貌的欣赏。他表示，他喜欢她身上的一切，她的脸、她的身体、她的声音——不管是讲话还是唱歌的声音，还有与当代女作家相去甚远的文体。在他看来，《吉吉的回忆》是他阅读卡明斯的《凶室》以来的最佳读物之一。作为一个奉承者，海明威不怕招来大胆的指责，把吉吉与另一个女名人维多利亚女王做对比，强调："吉吉在

1920—1930年代的影响，要比维多利亚女王在维多利亚时代的影响更全面。"这话让人惊讶，不是吗？

　　尽管一些斤斤计较引起普特内姆与海明威不和，提图斯还是为《吉吉的回忆》英文版的顺利面世、海明威的出色序言和吉吉那种嘲弄语言被完美地转换成英语而高兴。

　　普特内姆的译文表明他下了一番大工夫，提图斯认为即使是圣热罗姆也会赞赏"英文版那流畅的通俗笔调"。第戎达朗蒂埃尔印刷作坊的机器上，用厚厚的铜版纸印着大幅广告，画面是二十来本吉吉的作品，还有曼·雷给她拍摄的照片，以及有基斯林、福吉塔、艾尔米纳·大卫、马约和托尼奥·萨拉扎尔签名的肖像画。一部纪念性的影画集，一个在晚境怀念峥嵘岁月的证物。

　　在《纽约先驱论坛报》巴黎版专栏上，温布利·鲍尔德撰文评论英文版的《吉吉的回忆》，说他原来担心吉吉被描写成一个不食人间烟火的传奇人物，不再是一个过日子就和呼吸一样普通的平常女人，现在好了，他感谢普特内姆在译文中避开了这个危险。

　　在菲茨杰拉德看来，蒙帕纳斯这段插曲的回声没有什么意思。他很少与同仁们来往，也不大参与侨居巴黎的美国作家的生活与文学运动，只是拖着脚步去过弗勒吕斯街，因为海明威执意要他去那里，要介绍斯泰因小姐与他认识。

　　"您在书里和萨克雷在《潘登尼斯》与《名利场》里一样，

创造了当代的世界，这可不是一个浅薄的恭维。"格楚德·斯泰因在他登门造访时对他说。这些夸赞虽然让司各特觉得大为受用，但他却并没有因此而成为夸赞她的人之一。他认为她的作品——《三传记》除外——稍嫌做作。海明威想让他见见另外一些流亡者，便把麦卡尔蒙介绍给他。可是麦卡尔蒙嫉妒两个同胞的成功，便放出话来，说他们是同性恋，自以为这样能诋毁两人的名声。

菲茨杰拉德一直与希尔薇亚·比奇保持着良好关系，除此之外，他对侨居蒙帕纳斯的美国人平时议论的话题不闻不问。他的名字没有出现在期刊杂志的目录栏里。他明白自己从此将主宰自己的长篇小说的技巧与题材，他更愿意把自己看作是一个游客。他的法语说得结结巴巴，对巴黎的文学、音乐和美术又漠不关心，因此他更愿意去塞纳河右岸那些美国式的场所，如里茨饭店、克里庸宾馆的酒吧和蒙马特尔的夜总会。

由于缺乏信任，菲茨杰拉德总认为酒吧的员工在想方设法欺骗他。不过他要是喝醉了，总是胡乱花钱，从口袋里掏出大把钞票，散的酒钱数额惊人，自从马塞尔·普鲁斯特去世之后，服务生们再没有得过如此多的小费。他喜欢在"西罗斯"、"蓓多克女王"或"福伊"约吃饭，当年这都是巴黎最负盛名的餐馆。

大家都不再拿他的种种怪僻行为当回事，它们与他的传说融合在一起。圣奥诺雷街二六一号有家"芳邻"酒家，是遐迩闻名的餐馆，特色菜品鳎鱼脊肉和小仔鸡非常有名，从前泰奥菲尔·戈蒂埃曾带着拉巴依娃、龚古尔兄弟、阿尔丰斯·都德、爱弥尔·左拉等人来此品尝。在一个晴天丽日，司各特·菲茨杰拉德来到这家餐馆，只点了一份三明治，却执意要服务生送上餐桌。

有天晚上，他衣服也不脱，就跳进利多宾馆的游泳池里。还有一次，他看见一些骑自行车的人在协和广场比赛，就借了一辆三轮车，踩着它围着广场兜圈子。有天下午，他陪海明威在里茨饭店酒吧喝酒，有些醉意了，看见一个相当平凡的男子陪着一个风情万种的女子走进来，顿时着了迷，有心与她结识，就让服务生去买了一束兰花送给她，并附上几个字，要求约会。女子看也没看鲜花一眼，一个不屑的手势就拒绝了。司各特十分气恼，眼睛一刻不离那位美人，手里一瓣接一瓣小心地扯下花瓣，塞进嘴里吃了。海明威说，最让人意外的，是那天晚上那个女子来与菲茨杰拉德见了面。从此"兰花之约"就进了菲茨杰拉德笑话集的目录。

在接下来的七月，司各特与泽尔达收到埃迪思·华顿的邀请，她想请他们到她位于蒙莫朗西附近林中圣布里斯的那座避暑小屋里喝茶。她读了《了不起的盖茨比》，并感谢菲茨杰拉德写的那段献词，夸赞他的艺术功力不凡，可是对小说的结尾却持保留态度。

泽尔达谢绝了邀请，理由是她不愿意领受这位贵妇人居高临下的接待。于是司各特由年轻的美国作曲家泰奥多尔·桑勒[①]

---

① Theodore Chanler, 1902—1961。

陪同前往圣布里斯。

作为这场会见唯一的见证人，桑勒否认了有些人支持的说法，说司各特是醉醺醺地到达瓦尔顿太太家的，虽然一路上他在一些酒吧歇了脚。菲茨杰拉德是个很会社交的男子，对女主人极尽献媚输诚之能事，要求准许他讲述一对美国夫妇乘船初到巴黎的种种奇遇。由于不小心，那两人在巴黎的头几天竟是住在窑子里。不过他没有讲出有趣的情节，于是瓦尔顿太太就问："那么，他们干了什么呢？"

在桑勒看来，这次招待活动是那么拘谨乏味，才使得司各特企图用这则小故事来驱散沉闷而保守的气氛。据司各特说，由于他对女主人缺乏尊重，瓦尔顿太太吩咐手下打了他。可是桑勒否认了这种说法。

十七

　　一如大多数作家，菲茨杰拉德自有秘诀来给平淡的篇章增添趣味。在巴黎，他上午十一点起床，但要到下午五点才开始工作。他声称他一直写到凌晨三点才住手。可是大部分夜晚他是在外面过的，这家酒馆进，那家咖啡馆出，一连喝上几个钟头，越喝越醉，终至失去自我控制。有天晚上，他喝得酩酊大醉，来到《纽约先驱论坛报》巴黎分社，闯进编辑办公室，把准备交付排字的誊抄稿扔在桌上，接着又大声唱歌，抓起手稿撕了，还要求一些记者与他同唱，直到不省人事，瘫倒在地。那天晚上，欧金·约拉斯[1]和两个朋友把他领回蒂尔西特街。他那些无意识的行为常常致使朋友们陷入窘境，逼得他们摆脱麻烦，可是他那无可否认的魅力、他的才华却似乎总是使他们无

---

[1]　Eugene Jolas，1894—1952，《过渡》杂志的经理、出版人。——原注

法厌恶他。

那年八月，在昂地布海角，菲茨杰拉德夫妇与墨菲夫妇重逢。司各特脑子里有了一部长篇的提纲。他写信给普林斯顿的同窗约翰·皮尔·毕肖普，说昂地布十分清静，没有闲杂人等，要逃离人世，可以在这里野居。不过他还是一一列举了聚集在墨菲身边的朋友与熟人：热拉尔德的姐姐埃斯泰、密斯汀·盖特、多斯·帕索斯、麦克利什夫妇、埃蒂安·德·勃蒙，以及由萨拉与热拉尔德请到亚美利加庄园来的许多别的美国人。这就是司各特所说的遁世野居。

热拉尔德把园丁的小工棚改造成画室，准备每天在这里工作。这年冬天，他将在巴黎独立宫的沙龙展出一幅两米见方的油画。"大尺寸的细密画"，一家展览机构的喉舌这样宣传。经过修整的花园里辟出了一间农舍，做过一番修葺后，取名为"宾客之家"。墨菲夫妇感到心满意足，终于把家安顿好了，可以看着三个小孩在和谐的家庭氛围里成长了。这对"金童玉女"似乎决定要快快活活地过日子了。

1925年夏天在司各特脑子里酝酿的长篇小说，是一个患有神经官能症的年轻男子的悲惨故事，他与一个事事替他做主的母亲同游法国，最后忍受不住母亲的专横，把她杀死了。8月28日他写信给他的出版人佩尔金斯，说他打算表达好几个主题。他尤其参考了新近一桩刑事犯罪案件：旧金山一个年轻姑娘弑母案。他想到了那位普林斯顿的同窗沃尔克·埃利斯的可怜故事。那位同窗放弃律师职业，转入演艺行，却不幸遭受大挫：典型的菲茨杰拉德式失意悲剧。

他研究了泰奥多尔·德莱塞的长篇小说中陷入困境的主人公克莱德·格里菲思的情况。他也想到泰奥多尔·桑勒。那位年轻音乐家曾陪他去过埃迪思·华顿家喝茶。此人对自己在法国过的荒谬生活感到恶心，决意与朋友们中断来往，陷入深深的自责之中。

在1926年之前司各特并没有动手写这部长篇。一些手写的和打字的草稿证明了这点。他用了三章文字来叙述一个叫弗朗西斯·梅拉基的南方青年怎样与母亲到蔚蓝海岸旅行。弗朗西斯经历了一些艳遇，不过他没有细述其经过，之后，他越来越忍受不了母亲的专横，就把她杀死了。

1925年9月，菲茨杰拉德夫妇回到巴黎，在随身携带记录生活大事、有时也记录写作素材的记事簿上，菲茨杰拉德概略地写道："1925，泽尔达患病沉沦之年。酒精，疏懒，墨菲夫妇。"泽尔达的健康始终让他烦心。她患有歇斯底里症，每次发作，只能让她服大量吗啡才能安静下来。在秋季和冬季，菲茨杰拉德花了一个又一个钟头，与海明威讨论文学。他很记得这位朋友的职业。由于同博尼与利夫雷特公司一直订有合同，海明威不可能把自己的稿子交给斯克里伯纳公司出版。不过菲茨杰拉德鼓励他把稿子寄给《斯克里伯纳》杂志，这是一家文学杂志，其合同的排他性不容玩弄。

秋季，墨菲夫妇头次与海明威见了面。他们之间马上有了来往。萨拉对这个男子气十足的美男子很有好感，热拉尔德则与他在许多问题上见解相同。墨菲欣赏这个认真的作者，他的文笔自然质朴，毫无造作之痕，而海明威也努力从他的油画上寻找这种风格。两夫妇与海明威、多斯·帕索斯同往蒂罗尔山区休了一次闲，回来后就执意邀请海明威夫妇来蔚蓝海岸度夏。在那里他们见到了菲茨杰拉德夫妇与麦克利什夫妇。

来年5月28日，萨拉与热拉尔德两口子在儒昂雷潘娱乐城摆酒设宴，庆祝他们的新朋友海明威的到来。热拉尔德极为讲究，点了最好的香槟酒，还要了黑海的灰鱼子酱。萨拉穿着修长的紧身袍子出来迎宾，气质十分优雅。海明威坐在妻子哈德莉和波利娜·普斐依弗之间。他的模样十分俊朗，从西班牙回来后，脸上的褐色仍然没褪。作为一些大牌斗牛士的朋友，他在那边的斗牛场里泡了一个月。波利娜·普斐依弗是巴黎《浪潮》杂志的主编，后来成了他的继任妻子。满座的目光都盯着海明威。就是萨拉本人对欧内斯特的魅力也不可能感受不到，正是这点让司各特无法忍受。墨菲夫妇是他的朋友，但他们似乎不知道是他把海明威扶上了文学之马。大家为什么这样讨好地注视海明威？宴会尚未开始，菲茨杰拉德就已经有些醉意，不久就招来众人注意，破坏了席间的气氛。

放弃那种一掷千金的富豪生活，只过衣食无虞的小康日子，萨拉家的年收入还是绰绰有余。司各特以为他们很富有，其实大大超出了实际情况。他总是对富人着迷，对他们怀有一种错觉与冲动参半的尊敬与钦佩。他用小说家的想象力，来虚构一些长处与功德，来装扮他的富人朋友。他努力打探这人那人的收入，寻思他们是怎样过那种生活的。与此同时，他注意到自己与泽尔达浪费了许多钱，日子却过得不好，而墨菲两口子没花这么多钱，生活却过得很适意。

与司各特不同，墨菲夫妇逃避开始在夏天大量拥入蔚蓝海岸的富人。此外，萨拉与妹妹霍耶蒂后来彻底闹翻，原因大概就是这种厌恶，因为霍耶蒂想在亚美利加庄园接待英国的贵族与上层人士。

司各特越来越经常地出入酒吧。每次喝了酒，他对富人的羡慕就变成了厌恶。墨菲夫妇在儒昂雷潘娱乐城摆酒请客那天，他在席间的所作所为对不住墨菲夫妇对他的友谊。他大骂给宾客上鱼子酱和香槟酒的主意，在他看来，这是虚伪透顶的假模式、假高雅。当墨菲夫妇的客人在露台上围着一张大桌子坐下来时，一位非常美丽的少妇由一位比她年长的男子陪同走了进来。司各特转过椅子，面对这两人，盯着那女的一个劲地看，那女子来了气，把餐厅领班叫过来，换了桌子。这时司各特又开始玩烟灰缸，并且把一只烟灰缸往旁边一张桌子上扔，像个小顽童似的玩耍。领班赶紧走过来，央求他不要淘气，以免搅了客人们的兴致。可是怎么说也没法让这位醉客住手。满座生出一种厌恶的气氛。这时热拉尔德受不了了，猛地站起身，扔下客人们生气而去。朋友这个出乎意料的反应让司各特感到困惑，这才安静下来。

过了几天，出于同样的反常需要，司各特又破坏了在亚美利加庄园举行的一场晚宴。晚宴一开始，他就胡言乱语，做起了小动作。他大声问一个年轻客人："您是不是同性恋？"小伙子很平静，回答说："是呀。"司各特支支吾吾，不知如何应对，可是却又并不就此打住。在开了几个让人生出不同感觉的玩笑之后，看到甜品上了桌，就从果盘里抓起一只无花果，朝卡拉曼－希梅王妃扔过去。无花果正中目标，打在王妃高贵的肩胛骨之间。王妃仍然挺着身子，继续与其他客人交谈，没有现出吃惊的样子，假装没有感受到这一下打击。阿尔希巴尔德·麦克利什把司各特拉到一边，劝他规矩一点。作为回答，他下巴上挨了一直拳。可是司各特这样吵闹之后，大家仍然没把更多的注意力放到他身上，司各特就从餐桌上抓起那些标刻有金花的威尼斯玻璃酒杯，朝墙上砸。等到大家拉住他，他已经砸坏了三只。

晚宴结束，就在他准备向主人告辞的时候，热拉尔德祈求他三周之内不要再来"亚美利加庄园"。这个顽劣学生一天不差地接受了惩罚，而且没有对朋友表露出丝毫怨气。

菲茨杰拉德夫妇在命定的自我毁灭中沉沦，其速度之快让墨菲夫妇吃惊。司各特停止写他的长篇小说。八年后，这部饱经沧桑的长篇小说才终于出版，取名为《夜色温柔》。酒精与沮丧似乎堵塞了他的才华之路。泽尔达和他本人都沉迷在一些荒唐行为里，这些行为一经传开，就变得家喻户晓了。

就因为司各特朝离他们不远的餐桌吃饭的伊莎多拉·邓肯敬慕地颔首致意，泽尔达竟从一道石梯上跳下去。还有一天晚上，与墨菲夫妇一同吃过晚饭，从旺斯的圣保罗饭店回来，他们竟把汽车停在有轨电车的扳道岔上，呼呼大睡。第二天清晨，离头辆车经过的时刻只有几分钟，一个农夫才把汽车拖出轨道。又有一天下午，泽尔达扑到自家的汽车轮下，要司各特把她碾死。最终，朋友们都被他们的这些荒唐事搞烦了，也就失去了对他们的敬意。只有墨菲夫妇对他们无尽的耐心和善意，才使他们免于彻底沉沦。

热拉尔德说："在司各特身上，我们所喜欢的，就是他的才华之源。它从没有被完全埋没。有些时候，他并不感到焦虑，也不惹人生厌，能够心平气和、沉着冷静，忘记自己，说出他对别人的真实想法，给他对别人的感觉下定义。在这样的时候，他的思想博大和性格温和是显而易见的，大家只可能敬重与喜爱他。"

在《夜色温柔》小获成功之后，司各特就再也没断过酒。然而他还是痛下了决心：每小时只喝一口杜松子酒，以控制酒的饮入量。可这只是一个醉鬼的誓愿。当然，他再度沉迷酒精也与泽尔达的疾病无法治好有关。泽尔达当时进了一些专科医院治疗，司各特给妻子写了一些感人至深的家书，他在信里带着痛苦的回忆，提起一桩桩往事：

"我是多么希望七月份能够到海边避暑，一起把身子晒得黑黑的，一起跳水，感受入水后头发上的那股压力……亲爱的，我爱你。"

十八

　　1925 年秋，在里尔街十九号一家公馆安顿下来以后，哈里和波莉·克罗斯比（Harry et Polly Crosby）就决定用寻欢作乐和写诗来打发在巴黎的时间。

　　哈里·克罗斯比是金融大亨约翰·皮蓬·摩根的侄子，毕业于哈佛大学，1924 年编辑了一部诗集出版，从而在文坛引人注目。那个诗集由朋友埃尔里·塞奇威克[①]作序，不厚，印数不大，只是送人而已。如果不是鲁迪亚德·吉卜林发现诗集未经他同意，收了他两首诗，威胁要打官司的话，那个诗集一定会泥牛入海，默默无闻。这个小小的灾难在出版界给克罗斯比带来一点小名气。

---

① Ellery Sedgwick, 1872—1960, 美国出版商，《大西洋月报》创办人。——原注

作为诗人，哈里和波莉①是彼此作品的最佳吹捧者："他们生活乐趣的一股主要动力，就是互为对方的作品陶醉。"斯图亚特·吉尔贝说。他从前在《交流》杂志，曾是亚德里埃娜·莫尼埃的合作人。波莉的一部十四行诗集《黄金十字架》的出版，开启了他们在巴黎的出版活动。

就在诗集准备付印之时，突然冒出一个障碍，其严重性使得他们陷入深深的思考：波莉准备用个什么样的笔名呢？波莉这个名字没有诗意，玛丽又稍嫌平常；哈里执意选一个以字母 C 开头的笔名。他们把历书从头到尾翻了一遍，把那些圣人的名字仔仔细细推敲一番，却没有找到一颗具有明丽的东方色彩的珍珠来给波莉命名。哈里坚持说："那就想个能够安抚人的名字吧？为什么不用卡莱丝（Caress，爱抚）呢？"于是就用卡莱丝，不过词尾多了一个 E。

他们为自己的想法欢欣鼓舞，但又承认可能得不到波士顿严肃的克罗斯比家族的赞同。有个亲人来到巴黎，训他们说："胡闹！"这个名字就和在大庭广众脱衣一样不得体。

尽管如此，波莉还是用这个笔名出版了《黄金十字架》，印了百来册，分赠亲友。

作为回应，在接下来的十月，哈里出版了《写给卡莱丝的十四行诗》。这本小书由在圣奥诺雷街开业、为《大西洋评论》

---

① 哈里，1898—1929，波莉，1892—1970，全名为玛丽·雅各布·克罗斯比，又名卡莱丝·克罗斯比。——原注

工作的英国排字印刷商赫伯特·克拉克精心排版，印了七十册。第二年，一个出版过兰波诗集的出版商将这本诗集拿过去，印了一版，印数大一点。这种形势让年轻的哈里感到得意。

看到印刷出来的作品，两人非常喜悦，就决定不再坐等出版商上门索稿。他们开始主动寻找印刷商，每天带着作为样书出示的豪华版本，在周围的街道上转来转去，想有意外的收获。他们信步走到卡迪纳尔街，这条静寂而宁和的小街连接修道院街和符腾堡街。他们在街上发现了一家很不起眼的印品店。店的后面就是工厂，印的、卖的都是些社会日常印品，如广告单、结婚或出生喜帖、请柬等。

商店橱窗里聚集着成百只奄奄待毙的苍蝇。看到两个优雅的年轻人在观察自己的门面，老实的作坊老板罗歇·莱斯卡雷颇觉意外：这两个人走进店里，要干什么呢？

"整本整本的书，您能承印吗？"克罗斯比大声问，声音盖过了印刷机声。

老板吃了一惊，擦擦沾满油墨的黑手，接过哈里递过来的豪华本《艾洛绮丝与阿贝拉尔》，原先那卑微小作坊老板的诧异一扫而光，换上了被人认为能够承印这种高档图书的印刷商的自豪。他定了定神，轻声说："印这种书，事儿可多了，要买纸，买斜体的阿斯特雷铅字，还要手工排版。这一切加起来，印费太贵了。"

哈里满不在乎地摆摆手，让他放心。价钱贵点不要紧。"那行。过一个星期就能出样。"莱斯卡雷说，马上就动起手来，调集所有不可或缺的原材料，来印刷这部作品，他认为这是他的精品。过了两天，排好版，他就带着一份校样赶到里尔街。克罗斯比夫妇等得心急火燎，赶紧过来检查卡莱丝这部排成了优雅的书版格式的十四行诗。文本与样版不差分毫，称得上一个印刷师傅出的精品活儿。这两个初出茅庐的出版商为发现了一个如此懂行的工人而惊诧。莱斯卡雷希望与他们长期合作，就向他们表示："从今以后，你们什么时候要印东西，只管来找我好了。"

此刻，卡莱丝给纳西斯出版社拟了一条广告语：诗人之花，正在专心致志地琢磨。以后他们出版的书籍，都要亮出这个标签。纳西斯也是他们家狗的名字，那是一条英国猎兔犬，身体很是弱小，从不离开他们。哈里开始购纸，挑选精装壳面，卡莱丝则研究开本与版式。他们确定了一批选题，其中大部分是他们自己的作品，他们以行动来实践一句格言："求人不如求己……"

卡莱丝的《绚丽的水岸》和《异乡人》，哈里的《红骨》和新版《写给卡莱丝的十四行诗》是他们待出的十四行诗集。其实这些诗都是形式不大规整的作品，常常违反了诗歌的黄金律，要是脾气暴躁的布瓦洛读了，定会气得直皱眉头。

在《绚丽的水岸》里，卡莱丝用了些笔墨来描写他们结合的永久性，在一种梦幻般的情境中，两人像拉着希望女神朝着太阳飞升的那两只金银大鸟。当然，这些诗句作为崇高而偏执的咒语，比起他们吃过晚宴，在豪华酒店和设有绿纹大理石浴盆的宽敞浴室里与客人开的荤玩笑来，肯定要纯洁一些。

在别处，在《白日将尽》这首诗里，卡莱丝主张"对吵闹的娱乐时刻"下禁令。

《恋尸者，灵床》只是一些文体练习，但是写得很美，如实地反映了战时那些苦难日子哈里在前线对生命的反复思考。诗集由阿拉斯泰尔插图，这是一位匈牙利画家，是哈里的朋友，曾认真观摩英国幽默画家比尔德斯利的画作。艾略特写道："在一个画家看来，静观可怕、卑劣、可恶的场面，是一种必然的冲动，是一种对美的反面追求。"

哈里最喜欢的作者，如艾伦·坡、于斯曼、兰波、马拉美，使他形成了一种对孤独与死亡的思考。在题献给波德莱尔的一首十四行诗里，哈里写道："你在我的心灵间插上了你最忧郁的大旗。"

人们看到他的过去在作品里复活。他的诗表达了一种深沉的焦虑。每当他想起1914—1918年间的往事，他就陷入这种焦虑。"出于上帝的规定"，冲突应该把人类引到一个"更好、更深、更自由的世界"。他写道："我们这些经历过战争的人，永远也不应该将它遗忘。我就是为了铭记战争，才将一个士兵尸体的照片钉在书柜门上。"

直到1929年在美国自杀，哈里一直遭受第一次世界大战这个噩梦的折磨。1916年惨烈的索姆河战役，有四十万人战死，那些堆在他的救护车上残缺不全的战士尸体一直映在他的脑海里，从未淡灭。

克罗斯比对另一个崇敬太阳的人 D. H. 劳伦斯着迷，希望这个英国作家能够写一写这个题材，交给他来发表，并声称准备给这部作品开付一百美元，"二十美元一块的金洋，一边是鹰，一边是太阳。"劳伦斯认为哈里是想买断他的某部手稿，便回答说，他从未卖过，也不想出让手稿，出价再高也不卖。不过他又补上一句："我准备对您来个例外，把一篇没有烧掉也没有失落的文章交给您。如果能够按上述数目付酬，我会愉快地接受。"

劳伦斯询问他的英国出版商古尔蒂斯·布劳恩是否保留了他那篇小说《太阳》的手稿，并告诉他有一笔一百美元的意外之财。收到劳伦斯的手稿后，哈里给他寄去了下一部诗集《太阳之车》里的几篇，请他写序。劳伦斯答应了，但是要哈里把其余的诗全寄去。读过之后，劳伦斯的态度冷淡了一些："太长，呆板，缺乏灵气，最好不要把这些收到《太阳之车》里面。"

收到劳伦斯的小说《太阳》的手稿之后，哈里与卡莱丝急忙赶到卡迪纳尔街，交给莱斯卡雷排版，自己则搬出荷兰凡·盖尔德的纸张样品，选择手感最好的纸张来印这部作品。

哈里并没有忘记对劳伦斯的承诺，可是从美国弄来金币显然既费时，又复杂。终于，一个年轻的波士顿人来到里尔街，掏出藏在鞋子里的金币。他很是得意，因为瞒过了海关的职员。哈里为把这笔小小的财宝尽快送到劳伦斯手上，就把这些金币用棉布包裹，装进卡尔蒂埃珠宝店的小盒子里，赶到火车东站，找一个护送人。

再过几分钟巴黎开往罗马的快车就要出发了。哈里沿着月台奔跑，想找一个诚实人，把珍贵的盒子托他带去。到最后一秒钟，他见到一个非常打眼的英国人，正坐在包厢里，托腮看着窗外。他肯不肯把这个小盒子带到佛罗伦萨？"这是几块金币，要带给一个诗人。"哈里对他说。就在那位绅士探身接过珍贵的包裹之际，火车开动了。那人刚刚做了个表示同意的手势，快车就被一团蒸汽吞没了。

收到金币之后，劳伦斯觉得有些为难。他还不清楚皮蓬·摩根的这位侄子有多少收入。他寻思，要是哈里不是个富翁，怎么办呢？虽然有一丝内疚，但他还是高兴地给哈里写信表示感谢。过了一些日子，他给哈里寄去一幅水彩画，画的是太阳，是他照着一幅玛雅人的图案画的。克罗斯比用它做了黑太阳出版社出版的《太阳》一书的卷首插画。黑太阳是他的出版社的新社名，社址从此就设在红衣主教街。

哈里的表亲瓦尔特·凡·朗塞拉埃·贝里来巴黎好多年了。他是一个有教养的人，是巴黎美国商会的主席。作为埃迪思·华顿的好友，他与马赛尔·普鲁斯特很有交情，马赛尔·普鲁斯特的《综合与混杂集》就是题献给他的："谨献给瓦尔特·贝里先生。作为律师与文人，自战争爆发的那一天起，面对仍在犹豫的美国，他以无与伦比的精力与才华，为法兰西辩护，并且赢得了胜利。他的朋友马赛尔·普鲁斯特。"

普鲁斯特写信给他说："这个瓦尔特是配得上名叫帕特、司各特，或者干脆瓦尔特这个名字的人的。他虽然祖籍德国，却在 1914 年朝纽伦堡扔下了某种 Preislied，它的效果不错，比炸弹更实在。"

在一封写于 1918 年 2 月 16 日的信里，普鲁斯特给这个美国人绘了一幅像，笔调略嫌溢美："我没见过比您的脸庞更好看的脸庞，没听过比您的嗓音更悦耳的声音……好像您是丁托列托（Tintoret）描绘的人物，是由里姆斯基（Rimski）配器的音乐。"

有一天在里茨饭店晚餐，普鲁斯特讲述说，有位美国太太读《追忆似水年华》，读了三年都没有读懂，写信问他说："亲爱的马赛尔·普鲁斯特，您能不能写两行字告诉我，您想说的是什么意思。"瓦尔特·贝里听了乐不可支。

这个被卡莱丝指做"詹姆斯式的精华"人物死于 1928 年秋天。瓦尔特·贝里把自己的藏书留给了哈里，同时委托他将几件作品交给他亲爱的埃迪思·华顿，因为那位夫人会乐于保存这些东西，以纪念他们的友谊。可是瓦尔顿夫人错误地理解了贝里的这条遗愿，决定把他的大部分藏书都归到自己名下。哈里奋力抵抗这个掠夺别人财物的女人，把她得到的部分缩减为五百卷。

这一次克罗斯比夫妇继承了一座真正的宝库：包括法国与外国文学珍本在内的近八千部作品，一本德·昆西的《一个英国鸦片烟客的忏悔》的初版，卡萨诺瓦、莫泊桑、亨利·詹姆斯……等人的全集系列，瓦尔特·贝里的全部书信，其中有一批马赛尔·普鲁斯特的来信。

克罗斯比夫妇请了一些苦力，花了整整一天时间，把一箱箱图书书信从瓦尔特·贝里的寓所搬到三百米外他们居住的公馆。作品一部叠一部，码放在哈里的书房和卡莱丝的画室、门厅里，真正侵占了他们住的里尔街公馆。

把马赛尔·普鲁斯特的书信结集出版，并在《新法兰西评论》出版社推出普鲁斯特的《追忆似水年华》最后一卷之时将之印上黑太阳出版社的目录，是对表亲瓦尔特·贝里的纪念。

《马赛尔·普鲁斯特致瓦尔特·贝里的四十七封书信》用英文与法文出版，封面是白色的，外套一只金色的锦匣。

在书房的文件中翻找，还有一些非同一般的发现，有一只匣子里装了亨利·詹姆斯写给瓦尔特·贝里的十六封书信，与爱默生、拉斯金、瓦莱里和弗彻（Foch）等人的来信混在一起。哈里将它们与劳伦斯的小说《太阳》同时出版。还有一卷珍贵的小书，收集了二十二幅色情细密画，画的是男女做爱的不同姿势，是从大马士革发现的一部古代手稿里抽出来的。这本小书只印了二十册，不在市场出售，仅供几个渴望了解古波斯男女交媾秘密的有钱又有特权的人收藏把玩。

生活的偶然性似乎格外青睐克罗斯比夫妇：发现莱斯卡雷这个有才的印刷商，无意间得到表亲贝里的一份遗产以及他那数量巨大的藏书，还有，今日哈里·麦克的意外到访。这个纽约的大书商刚刚来到设在红衣主教街印刷作坊楼上的黑太阳出版社的小办公室。他在草地圣日耳曼街区迷宫一样的大街小巷里寻找克罗斯比夫妇，累得筋疲力尽。喘息稍定，他就对两人出版的作品赞不绝口：今天早上，他在塞纳河右岸一家书店的橱窗里看到一册。他向他们提议，把他们的产品交给他在纽约的书店经销。克罗斯比夫妇觉得意外，但也十分开心，静静地听着麦克开列的双方合作的条件。可是哈里不愿听到麦克说出商业交易或者合同这两个词，但还是以"君子协议"的形式达成了让双方满意的协定。

克罗斯比夫妇都是急性子，冲动，任性，脑子发起热来，想办什么立即就要办成。在美好的季节，他们想到乡下生活，在一所田间小屋里偷偷懒，胡思乱想，在完全放松的状态下接待朋友。阿尔芒·德·拉罗什富科伯爵邀请他们到艾尔默农维尔城堡住几天，这个机会让他们得以满足新近冒出来的雅兴。

有一次，他们在年轻伯爵的陪同下，在园子里散步，两口子看见在周围浪漫的田园风光里有座废弃的磨坊，眼看就要倒塌。哈里和卡莱丝顿时认为，他们无论如何要买下这座古老的磨坊，因为它能让他们的乡居美梦成为现实。他们对主人表示了自己的意愿。阿尔芒·德·拉罗什富科大吃一惊，在他试图劝阻他们的时候，哈里急着在身上摸支票簿，因为没有带，就撕下卡莱丝的白衬衣袖子，在上面潦草地写上买契，并且标明了数额，准备立即付清。

自然，他们给这座古老建筑取名为太阳磨坊，并且很快着手翻修，使塔楼里十来个房间可以住人，他们把房子主体整理了一番，并且还修了一个游泳池。

住在塞纳河左岸一家公馆的时候，他们可以玩跑马，开八缸的布加蒂汽车，可以在艾尔默农维尔修整一座中世纪磨坊，供自己周末居住，可以随意去欧洲与非洲（在那里初次吸了鸦片烟）旅游，可以充当战争英雄（受了伤，在1919年获得战争十字勋章），虽然还不到三十岁，他们就已经不是蒙帕纳斯咖啡馆的常客了，而是出于偏好经常出入右岸那些豪华酒馆。

人们经常在富凯咖啡馆，尤其是里茨饭店的酒吧碰到克罗斯比夫妇。那是哈里的大本营。波莉比他大六岁，而且是两个幼儿的母亲，哈里与她结婚，在具有正统观念的波士顿激起了轩然大波。哈里过着淫荡奢侈的另类生活，来往的都是一些神经兮兮的诗人、荒诞的出版商、古怪的收藏家、颓废的画家。他对太阳着魔似的崇拜，表现出一种特别的偏执和狂热，痴迷到了想把太阳纹在背上的地步。

1929年，在回美国之前，哈里先给家里发了封电报，让家人卖掉一万美元的股票，理由是卡莱丝和他本人曾决定过一种"耗费不小的疯狂生活"。对于父母的强烈反对，他的回答更让他们不安："诗人只注重爱情、死亡与永恒，至于其他东西，都是身外之物，不具有同等重要性，所以他对金钱问题并不当真看待。"

他对天空产生了迷幻。为了接近这个目标，他报名入读在维拉库布莱的飞行员学校，一周后完成了首次飞行，从此开始渴望一种突然的死亡。

他的最后一部作品《同睡》是一部谈梦的书，很可能受了欧金·尤拉（Jolas）的影响。根据尤拉的观点，梦产生了一种"运动的浪漫主义"，"神秘的精神状态发出接近童话、传说和抒情诗"的呓语。

回到纽约，哈里一直受到寻死的顽念纠缠。有天早上他呼唤妻子："卡莱丝，把手伸过来，我们的窗户开得大大的，让我们一起去会会死亡——太阳。"

卡莱丝吓坏了，企图让他镇静下来，恢复理智，提出他们还有很多事情要做，要一起活下去。在私密日记里，哈里对星辰、对死亡、对他与情妇约瑟芬娜·罗芝的奇怪关系，诉说自己的妄想。

接下来，12月10日，书商哈里·麦克举行晚餐会，散席之后宾客前往剧院看戏，这时大家意外地发现哈里不在场，都觉得忐忑不安。一个朋友前往他经常使用的工作室，发现大门紧闭。十点钟，这位朋友成功地进入室内，发现哈里搂着约瑟芬娜躺在地上，手握一把枪，一颗子弹穿过太阳穴，两人都已经死了。

作为悼词，海明威表示，哈里·克罗斯比是个蹩脚的作家，本该早点自杀。然而，他不得不承认，哈里与卡莱丝的出版生涯，推出了一份珍贵、厚重、兼收并蓄的目录，其中包括埃德加·艾伦·坡、奥斯卡·王尔德、D. H. 劳伦斯、刘易斯·卡罗尔、詹姆斯·乔伊斯等人的作品。

在《同睡》的序言里，斯图亚特·吉尔贝把克罗斯比描写成一个冒险的诗人，惧怕平凡，虽然不乏想象力，却把危险当做头脑空虚的人的一剂值得庆幸的精神解药。

十九

　　两年前，1927 年 1 月 7 日，当哈特·克拉纳①从伦敦来到巴黎时，曾说他为离开联合王国的京城而觉得轻松，因为"那座城市虽然卓越，却有些阴郁和沉重"。而巴黎人享有的自由让他赞叹。他曾在欧金·尤拉家里遇到过不少特立独行的怪人，并马上对哈里·克罗斯比产生了好感。哈里·克罗斯比认为他是"最优秀的诗人"。两人在"两怪人"酒馆一起喝过一杯之后，哈里就邀他到"李树酒家"去吃牡蛎、喝安茹葡萄酒，由尤拉作陪。克拉纳把取名为《白色建筑物》的《桥》送给他。餐毕，哈里读了这部诗集的一部分，就当着尤拉的面作出安排，打算出版这部诗集。随着对这部诗作的了解加深，克罗斯比的兴趣也越来越浓，他建议克拉纳将诗集交给黑太阳出版社出版。

---

① Hart Crane，1899—1932，美国诗人，三十三岁时自杀。——原注

哈特·克拉纳不是个随和的人，而是个痴迷同性恋、酷好杯中物、反复多变、喜好打架斗殴、遇事冲动、性情暴躁的家伙，是个动辄发脾气的怪人。哈里处处对他宽容忍让，耐心到了家，对他的意气用事和力比多冲动都予以接受，可哈里的汽车司机却吃了他的勤勉与苛求的苦头。年轻人不是要出版商出版他的朋友马尔科姆·考利①的一部诗集《蓝色的杰尼亚塔》，就是要出版商在他的一篇文章的开头配上画家约瑟夫·斯特拉②的《布鲁克林桥》，并且要印彩色。对克拉纳的所有要求，哈里都照单接收，在作出所有这些让步之后，哈里认为自己表现出了足够多的善意，足以让哈特静下心来写作了。

2月的第一个周末，克罗斯比夫妇邀请了许多朋友，前往磨坊度假。克拉纳也在被邀之列。可是他的无礼与粗鲁让所有宾客感到吃惊。他喝醉了，扯着喉咙念诵他的诗，第二天又要求每个宾客在磨坊墙壁上涂涂画画，最后，他砸碎了一个又一个葡萄酒瓶，以此结束了他的怪僻之举。

哈里先前对他表示，"他可以去磨坊写作《桥》，想住多久就可以住多久。"在作出这种让人气愤的行为之后，他担心哈里会收回对他的邀请。不过，要是认为这类生活小节会惹克罗斯比夫妇生气，那就是低估了他们的气量与慷慨。他们毫不犹豫

---

① Malcolm Cowley, 1898—1989, 美国作家，批评家，研究"垮掉的一代"的文学史家。——原注
② Joseph Stella, 1879—1946, 意大利出生的美国画家。——原注

地重新向克拉纳表示他们的承诺：只要他愿意去，磨坊随时都准备接待他。哈特·克拉纳不待他们再次相邀，就高高兴兴地动身去艾尔默农维尔。

在给朋友的一封信里，他表示：巴黎是"全世界最有趣的疯人院"，在这里，一个美国人并不总是觉得自在，而反过来，他觉得磨坊才是适宜集中心思写东西的地方。

克拉纳享受着"百万富翁所习惯的服务"，在那里住了三周，除了周末哈里带着朋友们从巴黎赶来，其他时间他都是独自一人。他对房子里的豪华陈设赞不绝口，自得其乐地享受着里面的一切，懒洋洋地坐在卡莱丝铺着丝垫的长椅上，沉湎于遐想，断断续续地写几段。三个星期过去了，他把手稿已经完成的部分交给房主，作为感谢，还拿出了他的诗篇《大峡谷》的初稿。克罗斯比给他写信，表示感谢与敬佩：

"哈特！早餐时我感到多么惊喜！（……）仁慈的上帝啊，读到这样的作品，顿觉神清气爽，什么尘埃啊、诡计啊、陈词滥调啊都被一扫而光，我只觉得和你说到的那些珐琅质的死亡组织一样干净。我很高兴得到这些诗稿。（……）我不是批评家，但金子我是不会看走眼的。（……）这是纯粹的诗，是稀世之珍。"

克罗斯比夫妇等着拿到《桥》的余下部分，克拉纳只交了小部分稿子。从磨坊动身之后，这个年轻人去了法国南方，不见了。哈里担心他扔下诗稿，转而迷上别的最终要闹出丑闻的荒唐事情。眼见他迟迟不归，哈里与卡莱丝不得不考虑，如果到9月份他还没把《桥》的余稿补齐，就将手头这部分出版算了。

6月初，克拉纳重新在巴黎露面，对卡莱丝宣布说，他已经停止"做可笑的人"了—— 一个俄亥俄州的美国人信口作的承诺。他在首都这个抵抗不住的"避难所"闲逛，有天晚上来到蒙帕纳斯，在塞莱克特酒馆的露天座位上喝得小醉微醺。

为账单的事，他与堂倌发生了争辩，后来吵得急了，竟至动起手来。酒馆的员工，还有一个治安警察都朝他冲过来。克拉纳被赶来增援的警察控制之后，被带到警察局，挨了一顿毒打。由于他在那里没有熟人，在德朗布尔街警署醒来后，被押解到巴黎卫生检疫所监狱。

克拉纳被拘禁的消息传到蒙帕纳斯之后，这块美国人的殖民地因此骚动起来，大家纷纷想方设法，要把他救出囹圄。由画家欧金·麦考安领头成立了一个辩护委员会，安德烈·纪德、让·科克托、E. E. 卡明斯和别的一些人参加。他们指责警察办事粗暴，决定对巴黎警察厅方面进行调查。这些调解者盛气凌人、出言不逊，惹得警方高层颇为不快，便不肯释放被拘者。他说，克拉纳得经过轻罪法庭的审判。

1929 年 7 月 10 日，克罗斯比听说他的诗人被警方逮捕，便四处活动，以确保克拉纳得到律师辩护，并且获得无罪释放。克罗斯比的日记详细记述了这个忙碌白日的活动，不乏动人之处：

"在黑太阳出版社办公室。（……）接着乘出租车，为哈特·克拉纳的事去见麦考安。赶到'两怪人'酒馆门前，叫了辆出租车。正好在这一刻麦考安、维特拉克和一个姑娘吉蒂·卡纳尔（凯思琳·卡纳尔，《纽约时报》的记者）走出酒馆。于是一起去法院。一点差一刻，在里茨酒吧与纽约书商麦克有个约会。我赶去那里，还是见着了，同喝了两杯鸡尾酒，把他也带到法庭听审。哈特了不起。当法官宣称用了十个法警才把他按住（这帮混蛋拖着他的脚，走过了三大片房屋）时，法庭里爆出哄堂大笑。经过十分钟的审讯，克拉纳被课以八百法郎罚款，下次再犯，则将刑拘一周。《新法兰西评论》的一封信曾估计他会被无罪释放。由于法院不肯当庭将他释放，我和麦克就去了'长老'酒吧，在阳光下喝雪利柯布利冷饮。我们都喝醉了。过后，麦克动身去见尤金·奥尼尔[1]，我就在沿河马路上走走。（……）在路上碰到一个漂亮的美国姑娘，跟她搭讪了几句，一起到里茨酒吧喝雪利柯布利（她名叫雪拉，我很喜欢），可是我必须赶到巴黎裁判所附属监狱，去见维特拉克和怀特·伯纳特（《芝加哥先驱论坛报》驻巴黎通讯员）。我是搭车去的（……）在那里等了六个多钟头（靠喝啤酒、玩跳棋、与法警聊天打发时间），直到八点过了好久，囚人才开始出狱。哈特排在后面，胡子拉碴、饥肠辘辘、怒气冲天。我们在那里站了一会，就去监狱正对面的好身体酒吧喝酒。然后我们一起去《芝加哥先驱论坛报》巴黎办事处的办公室。伯纳特开始在那里给报社讲述事情经过，我们则去芝加哥小酒店吃吐司和水煮荷包

---

① Eugene O'Neill, 1888—1953，美国剧作家，1936年诺贝尔文学奖得主。——原注

蛋……哈特告诉我，卫生检疫所监狱那帮畜生甚至不愿给他纸写诗。混蛋。"

对于哈特·克拉纳来说，再度动身的时刻到了。他的朋友们都被他那些荒唐怪诞的行为弄烦了。他的诗已经交到克罗斯比手上，剩下来的事，就是搭上"荷马号"大船，带瓶好酒做旅伴，回纽约了。

二十

　　格楚德·斯泰因写的书有人读却没有人出。《创造艺术》的经理麦布里德认定的道理是无可置疑的。到了五十六岁，格楚德·斯泰因的作品还只是在几家小出版社出版，印数很小，常常还是自费。她没有忘记与格拉夫顿出版社合作的不愉快，那家出版社总是以"几处严重的语法错误"为由来指责她。付印前让她作的修改让她大为不快。格拉夫顿出版社的一个合伙人来把看过的稿子交还她。当那个家伙来到弗勒吕斯街时，发现格楚德满面怒容，逼迫他转告出版方负责人，要将《三传记》里的那些小说原样付印。她只同意作一处改动：将书名《三传记》改为《三故事》。

　　1914年《嫩芽》出版时，一个出版商用这番话来形容格楚德·斯泰因文笔的怪异："一艘没有挂国旗的轮船，超出了艺术规则，却在每一个港口停泊，留下到访的纪念。"

格楚德·斯泰因的作品既然不为批评界所知，也就只能激起读者的一般反应，也就未如作者所希望的，对当时的作家产生影响。

《三传记》是格楚德·斯泰因的第四部作品，在美国由约翰·罗得克①主持的机构出版，受到英法两国一些著名作家的热烈欢迎。然而这些赞扬却没有借到东风来吹送。对格楚德·斯泰因来说，最大的难题仍然是，她的作品在书店卖得不多。

另找一个代理商？她对经纪人的办事效率不敢恭维。"尽管有文学经纪人这个职业，我却不知道他们是干什么的，也就是说，我有经纪人，可是他们没有本事帮我卖掉什么。"（原文如此）

当她的朋友凡·韦滕将她的作品拿给纽约的经纪人看时，他们都表示不能给一个太超前的作者当代理。1922 年，她在波士顿的"四海出版公司"自费出版《地理学与游戏》，接下来却没有收到出版商的任何请求加印的表示。

在二十世纪二十年代，《小评论》杂志的资助人玛格丽特·安德森和简·希普，还有凡·韦滕曾接触过一个有可能出版格楚德·斯泰因作品的出版商，然而她们的忠诚帮助却没有扯出任何下文；出版商们记得她与罗伯特·麦卡尔蒙那些喧噪一时的关系，还有《美国制造》出版之际的"接触"出版社，于是纷纷推掉承诺，众多朋友为出版她那些不好理解的、构思独特

---

① John Rocker, 1894—1955, 美国诗人、出版商，接替庞德担任《小评论》主编。——原注

的、被有些人好意地称为"立体文学"（大概是影射她与毕加索的有选择亲和关系）的作品所作的积极努力也就没有具体结果。

威廉·布拉德利是翻译家与作家，但也表现出是巴黎最好的美国文学经纪人之一：约翰·多斯·帕索斯、埃兹拉·庞德、路易斯·布罗姆菲尔德，还有菲茨杰拉德和海明威的众多模仿者的作品，都是借助他对大西洋彼岸出版界的深入了解，尤其是他与马克斯威尔·佩尔金斯和查理·斯克里伯纳的良好私交而面世的。布拉德利从福特·马多克斯那里听说格楚德·斯泰因想与他聊聊文学问题，就来见她，并自告奋勇做她的经纪人。

交谈中，格楚德·斯泰因提到了困扰她的问题：怎样收获她的天才之果。在布拉德利看来，问题在于要狠下心来押一宝。作为一个内行的谈判专家，他一家一家地上门恳求那些美国出版商，因为他知道他们对于格楚德作品的保留态度。他的第一个步骤，是接触那些二流出版商，如小布劳恩、马科莱、维金等。这些出版商都把手稿退还给他，并说上一大串理由表示拒绝。当马科莱出版公司的董事长来到巴黎时，对《美国制造》来了兴趣，不过他有个条件，就是格楚德要对手稿进行删改，出一个节本。

格楚德·斯泰因一个字也没有删，因为她还是希望布拉德利找到一个同意出全本的出版商。然而她在别的出版社都碰了壁，没有办法，只好接受马科莱公司的提议。删改后的新稿寄到了美国，可是马科莱公司还是抱怨篇幅太长，有将近二十万词之多。对一部有可能让他蚀大本的作品，他是不肯出版的。

布拉德利得知此信，尽管自己也十分失望，还是打起精神来安慰格楚德，不过他对这个结果并不觉得意外：美国的出版商在欧洲旅行时作出决定，回国后又改变收回的事情太常见了。一部作品，由于他们拿不准在书店最少能卖多少，就宁愿不出，也绝不冒险。出版商们的这些顾虑迫使格楚德·斯泰因考虑解决问题的办法，其实她已经想了好多年了，这就是自己来出版自己的作品。她对布拉德利接下来的奔走活动不抱希望，决定卖掉两幅毕加索的油画，用来充作开办一家出版社的公司资金。朋友凡·韦滕听到消息，找到纽约一个买主，把头一幅作价一万二千美元卖掉了，她自己则以没有透露的数额，把毕加索的《持扇女人》让给了一个美国政治家的妻子哈里曼太太。看到从画室壁上取下毕加索的油画，阿莉丝·托克拉斯心里很难过，可是卖掉这两幅画，却能让弗勒吕斯街的女士们筹办一家公司：大潮出版社。

格楚德·斯泰因带着有几分清醒的喜悦，把自己开办公司的消息告诉朋友与熟人："我们终于挤进出版界了。阿莉丝是想象中的出版商，我则是想象中的作者。其实，我过去一直是作者，她过去也一直是管理人，但现在我们不愿把精力浪费在一些办不成的事情上，我们认为，那些事情要是自己来做，没准会事半功倍哩。"

当然，出版界的习惯做法，她们两人都一窍不通。不过到了迫不得已时，格楚德也可以把一本书拿给一家印刷商去印，也可以把书拿去发行，也就是说，送到书店去卖。至于阿莉丝，她会努力把企业管理好。

新开了一家出版公司的消息在蒙帕纳斯传播开来：大量书稿与合作提议都汇集到弗勒吕斯街。布拉德利的主意与他对书店网络的知识是宝贵的。他把一份美国书店和大学图书馆名录交给大潮出版社使用。他还建议她们在美国出版界的行业报刊《出版人周报》上刊登广告。阿莉丝开始工作，告知英国与美国的小书店直接向巴黎的大潮出版社订货。

格楚德的最新作品《可爱的露茜·丘奇》是她在大潮出版社出版的第一部书。这部乡村长篇小说描写了贝勒地区和比林宁小村优美的自然风光。达朗蒂埃尔报的价被认为太贵，于是书稿交给了巴黎十四区梅山街十三号的联合印刷厂。由于承印的是一家不大熟悉印装业务的作坊，拿到这样的书样后，两个初出茅庐的出版人只可能大失所望：版面粗糙，有不少错漏，拼版也有很多问题——总之让人看了气恼。封面是蓝色的，就像格楚德用来写这些文字的学生作业簿，只有它才符合她的期望。

在巴黎逛街的时候，头次看到自己的一部著作摆在书店橱窗里，格楚德非常满意。阿莉丝很快把这件事写信告诉了朋友们，要他们认下分配给他们的数额，把这个尝试变成真正的成功。

过了六个月，两位女士开始筹划一部关于写作的书稿：《怎样写作》。这次把印刷业务交给第戎的印刷师傅，以免新的失望。不过为了弥补高昂的印制费用，阿莉丝把广告省掉了。

格楚德收到许多信息：世界文坛的一些名人对她赞誉有加，

可是除了罗伯特·考特在《纽约客》上发表的一篇文章,她的书在媒体上得不到半点反响。

达朗蒂埃尔做的活儿一般质量很高,这次却只给她们做了一本质量勉强过得去的书。一个马马虎虎的精装壳面,里面粘着一些参差不齐、颜色不一的纸夹。怎么会印装成这样呢?阿莉丝问。"你们还想要什么样的?"达朗蒂埃尔回答说,"这不是手工,而是机器装订的。"在法国那个年代,平常销售的书籍,很难订制到精装壳面,因为法国出版商一般只做纸封面,不像英国习惯做硬纸板封面。格楚德与阿莉丝运气不好,再说也没有出版经验。尽管有这些不尽如人意之处,朋友们的祝贺还是让格楚德感到安慰。司各特·菲茨杰拉德表达了自己的看法,写道:《怎样写作》让他知道了很多道理。不过,在书店里,还是很难把这本书摆上作品柜。

阿莉丝给经销店发了一份销售通报,可是写得很笨拙,把这本书吹得天花乱坠,口气又很专横,让经销商很不舒服。在这份销售通报里有这样的文字:"格楚德·斯泰因对当代青年作家的影响曾是美国文学的最大活力,这是无可辩驳的事实。"

接下来以这部书在写作理论和艺术技巧上的探索,来说明其重要性和巨大的益处。有些书商被这通"自吹自擂"吓坏了,趁这部书在离开法国销往美国之前,赶忙撤了订单。另一些书商想到早先进的书还有许多册摆在货架上,现在又要面对一大堆卖不掉的书,心里就发慌。在他们看来,更让人不安的是,托克拉斯小姐这份专横的通报直截了当地宣布,新书马上寄到,他们都来不及想个应对办法。

纽约一家生意最兴隆的书店回答说，尽管它很愿意让顾客了解格楚德的作品，可还是无法接受新货。坐落在第四十七号街西段四十一号的纽约书城，门前常有国际文学界、音乐界和政界的顶尖名人走过。这家由弗朗丝·斯蒂洛夫小姐在 1920 年开办的书店，在纽约的地位与莎士比亚及其伙伴书局在巴黎的地位不相上下。在黑暗年代，这家书店与图书检查制度作对，冒险暗中发行詹姆斯·乔伊斯、D. H. 劳伦斯和亨利·米勒的作品。在业界服务五十二年之后，斯蒂洛夫小姐退休回家，在书城楼上一套公寓里颐养天年，一直活到 1989 年才去世，享年一百零一岁。

头两部作品《可爱的露茜·丘奇》和《怎样写作》卖得不好，弗勒吕斯街的两位女士有些气馁，但是在格楚德的一部名字不吸引人的诗作《友谊在友谊花之前凋谢》出版之际，她们的好运终于来了。

这部诗在夏特尔用精美的书版纸印了一百册，是大潮出版社唯一上市即告售罄的出版物。

第三部出版物发行成功之后，格楚德·斯泰因就决定，下面推出的作品，都要保持同样的质量。她再次探问达朗蒂埃尔，有无可能印制一些质量优良但价格便宜的图书，以便在大西洋彼岸以合理的价格销售。

看到自己的书被那些收藏家当做稀有之物追求，她很受不了。她的愿望就是让大学生、让大学与中学里那些泡图书馆的人、让那些酷爱纯文学的读者阅读。

阿莉丝·托克拉斯负责与达朗蒂埃尔核算工价。对印刷商来说，用单字排版可以省一笔钱，接下来用廉价的中等纸张印刷又可以省一笔钱。他觉得将册页装在与封面同色的纸板壳套里就相当好了。这样算下来，达朗蒂埃尔肯定可以节省一些成本。

　　阿莉丝·托克拉斯把《马蒂斯、毕加索与格楚德·斯泰因》一稿交给达朗蒂埃尔，接着又把《歌剧与表演》交给他，并且在这一卷书里增加了两篇叙述——一篇是《一部有趣的大书》，另一篇是《许许多多女人》——都是格楚德年轻时写的短篇。这部书成了大潮出版社的最后一部出版物。《歌剧与表演》厚厚的一卷，有四百个页码，包括《三幕戏里的四个圣人》，弗吉尔·汤姆森曾在 1927 年为之作曲。两个艺术家非常紧密的合作成了词曲互相影响的最佳典范。歌剧主题让人祈求"男女和睦、信仰一致、创造奇迹"。作品在 1929 年的《过渡》杂志上发表，直到 1934 年才在（康涅狄格州）哈特福德的华兹沃斯博物馆的埃弗里纪念堂被搬上戏台。不久，格楚德·斯泰因就胜利地返回了美国。

　　在大潮出版社最后两本书付印期间，格楚德居住在比林宁，她在为同居女友编撰自传。后来这部书取名为《阿莉丝·B. 托克拉斯自传》。难道是布拉德利启发她这样做的？她不是再三表明，她对这类读物不感兴趣吗？然而，她开始好玩似的在纸上写下几章文字。据她说，这几章给了她验证一种叙述新理论的机会。根据这种理论，人可以通过别人来谈自己。她用了六星期，完成了阿莉丝·托克拉斯这部个人生活史。她用她的隐晦语言形容这部书是"她的自传，两人之一的自传，到底是谁的，谁也不清楚"。

这是在用一通含糊话来给这部轶闻集——这个二战前美国文学生活在巴黎的见证下定义。

布拉德利似乎急于读到稿子。他知道在生意上这部读物会展现美好前景。他陆陆续续收到一些章节，每次拿到稿子，他都很兴奋。他写信给格楚德，说就是"野马冲过来，也无法阻止他立刻捧读"。

哈库尔·布拉斯出版社答应布拉德利出版此书。合同标出的费用为六千美元，合同明确规定，这笔金额由作者与出版商分担。格楚德·斯泰因采取措施以取得回报。

继阿尔弗雷德·哈库尔[①]同意出版《阿莉丝·B. 托克拉斯自传》之后，《大西洋月刊》问格楚德：是否同意将《自传》交给该刊连载。格楚德一直认为该刊是美国第一文学期刊，迄今为止，该刊的主编埃尔里·塞奇威克总是拒绝采用她的稿子。这位主编大人不喜欢过于晦涩的文字，这次却乐于出版这部掺杂着人物描写与真实趣闻的作品。他给格楚德写信说："围绕您的作品，人们议论纷纷，可这是多么美妙的作品啊！能够从中选出四段，在刊物上发表，我是多么高兴啊！"

塞奇威克补上一句，说他总希望看到真实的格楚德·斯泰因从文学死胡同里走出来，也就很乐于把这部自传介绍给他的杂志读者。这部自传骨子里很怪异，是一部十分新奇的作品。

---

① 此人与大学同学唐纳德·布拉斯于 1919 年创办哈库尔·布拉斯出版社。

《阿莉丝·B. 托克拉斯自传》于 1933 年 8 月在美国面世，9 月在英国出版，得到批评家与普通读者的好评。即使是像萨缪尔·普特内姆那样尖刻的人，也在《纽约太阳报》上发表文章，肯定说大家一致认为这部作品不错。巴黎一个专栏编辑写道，格楚德·斯泰因的书终于有人读了，因为读者现在可以发现这个那么久得不到承认的传说人物了。

　　布拉德利和作者本人都为书的成功而高兴，甚至宣称这是他职业生涯中最让人激动的时刻之一。他受了那么多挫折，这个成功肯定是期望得到的补偿。就在他准备安排格楚德的一部新书的时候，格楚德却不像他那样对自己的遭遇感到满意。如此盼望的成功已经到手了，可它却推翻了她的生活观。她以自己那么独特的逻辑指出：

　　"忽然一下，情况就变了，人们买我的书，觉得我的书有价值了；而在此之前，他们一直拒绝读我的东西，虽然我认为那是我最好的作品。"

　　她最好的朋友亨利·麦布里德曾对她说，他希望她永远不会成功，因为那会惯坏读者。

　　她不肯在美国开讲座，理由是读者更喜欢她作品中的人物，而不是她的作品。她推迟美国之行，开始准备新书。

　　《四个美国人在巴黎》是在冬季开始写的，描写了四个著名的美国人：尤利西斯·格兰特、威尔伯·赖特、乔治·华盛顿和亨利·詹姆斯。她觉得讲述这些人的生活很有意思。她认为他们和她一样，还没有完成自己的使命。

　　她指望凭自己新近的成功和布拉德利的面子说服哈库尔，

可是后者读了《四个美国人在巴黎》的第一部分之后，觉得叙述过于细腻，便再次向她表示，愿意出版一些更贴近读者的作品。对这种委婉的拒绝，格楚德假装没有领会，赶紧让布拉德利去纽约——既然说服不了哈库尔，那就在别的出版商那里试试。可似乎没有一家出版社准备出版一部这样的作品，布拉德利传回的信息一个比一个让人失望。最后，恼羞成怒的格楚德把自己的挫折全怪罪于他。她与布拉德利的关系每况愈下。格楚德觉得自己没有受到应有的尊重，终于指责代理人对她"犯了一个大错"。

于是可怜的布拉德利成了格楚德制裁的目标。她派阿莉丝去他那里，收回所有属于她的东西，并且告诉他，从今以后，他给她的信，一律寄到她的律师那里。

一个善意的男人，一个美国文学在法国最优秀的代理人，就这样结束了与一个作家的合作。这个作家虽然难以为非内行的读者所理解，但是对后来的一代代美国作家的影响却是不容否认且与日俱增的。

格楚德·斯泰因喜欢摆架子，有时也喜欢吹牛，让人不快，比如她喜欢断言犹太人只创造了三个古怪的天才：一个是基督，一个是斯宾诺莎，再一个就是她本人。她渴望大家承认她的作家才华，可是这种承认却从没有扰乱她对自己天才的自信。她常常陷入自身的矛盾，比如她常对布拉德利表示："我想成为富人，可我不想做该做的事。"

二十一

"1920年夏季，我第一次见到詹姆斯·乔伊斯，那是一次意外的相遇。"希尔薇亚·比奇写道。那一天，她的朋友亚德里埃娜·莫尼埃执意要她陪着走走。于是她们顶着酷热的高温，一起去了纳伊利。斯比尔夫妇住在那个地区的布洛涅森林街三十四号。

安德烈·斯比尔这个人给希尔薇亚留下了深刻印象：两边腮帮子上长满了大胡子，一头长发让人想起威廉·布莱克版画里的一个《圣经》人物。

在别的宾客交谈之时，斯比尔凑在希尔薇亚耳边小声说："爱尔兰作家詹姆斯·乔伊斯在这儿。"想到自己就在这位作家对面，希尔薇亚觉得很是羞怯，想马上开溜。可是当斯比尔告诉她，是庞德夫妇把他带来的，希尔薇亚便放下心来。

庞德是莎士比亚及其伙伴书局的常客。希尔薇亚与他的关系很好。庞德太太也来了，正在与一个少妇说话。她把少妇介绍给希尔薇亚：乔伊斯太太。

乔伊斯太太一头红棕色的鬈发，说话带着浓重的爱尔兰口音，举止虽有些拘谨，但由于有几分幽默，也并不显得刻板。她说很高兴与一个说英语的人交谈，因为周围人说的话，她一句也听不懂。"唉，他们要是说意大利语就好了！"她叹道，"我们在意大利住了那么多年，从的里雅斯特回国后，我们一直说意大利语，就是在家里也说。"安德烈·斯比尔一边请客人上桌吃冷餐，一边给每位客人斟酒。有位客人一把推开葡萄酒瓶，并且为了表示不喝酒的意愿，还把酒杯倒扣在桌上。这个偶然戒酒的客人就是与众不同的乔伊斯先生。

餐后，亚德里埃娜·莫尼埃在与法国作家朱利安·邦达[①]争辩，为她的朋友——受论敌中伤的纪德、克洛岱尔、瓦莱里，以及几个书友之家的常客辩护。希尔薇亚便溜进书房，发现乔伊斯懒洋洋地靠在书架上看书。她虽然胆怯，但还是鼓起勇气问道："您就是大作家詹姆斯·乔伊斯吧？"乔伊斯点头表示是的，并朝她伸出一只手，她握住那只手，觉得它绵软无力，而她的手则显得强硬有力。希尔薇亚如实地描写了那天晚上见到乔伊斯的样子："他中等个头，背稍有些驼，两手细嫩，左手中指与无名指戴着镶嵌大颗宝石的戒指，眼镜后面的一双眼睛很美，右眼视力显然差一些，因此镜片比左边的厚。前额突出，金黄中带点橙红的头发向后甩。"希尔薇亚继续写道："我对自己说，

---

① Julien Benda, 1867—1956。

他年轻时一定很帅。（可1920年乔伊斯才38岁！）他的嗓音清亮，谈吐似有点做作，斟词酌句，讲究字正腔圆，大概是因为他对语言过于尊重的缘故，也许还和他教过那么多年英语有关。"

乔伊斯听从埃兹拉·庞德的劝告，刚刚来到巴黎。他们由于乔伊斯的一首诗《我听到了一支冲锋的军队》而于1914年相识，后来那首诗收进了庞德编选的《意象派诗选》。这是一段友好交往的开始。两人的交往是现代主义与当代文学很重要的一段友谊。

乔伊斯想找个栖身之所，《一位青年艺术家的画像》①的译者吕德米娜·萨维茨基便把自己在圣母升天街五号的一套公寓借给他。

"您平时干些什么？"乔伊斯问希尔薇亚。在希尔薇亚跟他说起书店的生意时，乔伊斯把一个小记事簿移近视力好的眼睛，记下了莎士比亚及其伙伴书局的地址。他似乎对这个店名与希尔薇亚的姓氏来了兴趣。这时一条狗突然叫起来。乔伊斯顿时脸变得煞白，身体开始发抖。他问希尔薇亚狗会不会进来。希尔薇亚看到可怜的乔伊斯真的很惊恐，赶忙安慰他。这条狗在街上玩耍，它这是快乐的吠叫，不带恶意。乔伊斯孩提时下巴曾被狗咬过，所以对狗怀有一种病态的恐惧。他承认说，他蓄胡子只是为了遮盖伤疤。

希尔薇亚现在放松了，继续与和蔼体贴的乔伊斯交谈。天晚了，就在她准备告辞之际，斯比尔问她是不是觉得乏味。乏

---

① 法译本名为《代达吕斯》。

味？算了吧！她刚刚结识了詹姆斯·乔伊斯。

大家知道，希尔薇亚是在 1921 年才把书店搬到奥代翁街的。第二天，透过杜普伊特朗街小书店的橱窗，希尔薇亚看见乔伊斯穿着皱皱巴巴的深蓝色毛哔叽上衣，戴着往后仰的黑毡帽，转着那根爱尔兰白蜡木手杖，从街的那头走来了。那手杖是爱尔兰海军一个军官送的礼物，其时军官的战舰停泊在的里雅斯特港（乔伊斯笔下的主人公斯蒂芬·代达吕斯从未扔下白蜡木手杖）。尽管不修边幅，乔伊斯却保持着一种天生的优雅。1918 和 1919 两年，英国画家弗兰克·布德艮在苏黎世一个朋友家见过乔伊斯。他以画家受过训练的眼睛，勾勒出了非常精细的乔伊斯画像：

"我们跟乔伊斯打招呼，完全是高雅的欧洲礼节，而他的态度似乎有些漫不经心，握手也不怎么热烈。"我想，"其实走近看，他并不高大，虽然他要高出中等个头的人一大截。大概是由于他身材单瘦，大衣又扣得严严实实，裤子笔挺，人们才产生这种错觉。他听你说话，眼睛却望着别处。他的头颅是扁圆型的，一看就属于诺曼底种族。头发的颜色很深，夜光下看像是黑色。胡须的颜色则浅得多，是一种棕黄色，修剪得尖尖的：地道的伊丽莎白时代的打扮。厚厚的眼镜片后面，浅蓝色的眼睛炯炯有神，但是目光有些躲闪，让人看不出他的内心想法。接下来，我注意到在怀疑与惊惧的时刻，他的眼睛变成了天蓝色，并且射出愤怒的目光。他的脸色是一种深浅均匀的砖红色。高高的额头从发际开始向前伸突。他的下颌棱角分明，结实有力，嘴唇很薄，抿得很紧，就像一条直线（……）从举止神态看，他有点像一只专心觅食的高大涉禽。"

希尔薇亚·比奇与弗兰克·布德艮的描绘，足以让我们想象出乔伊斯这个大人物这天来到莎士比亚及其伙伴书局的模样。他的目光一下就被墙上挂的沃尔特·惠特曼、埃德加·艾伦·坡、奥斯卡·王尔德的照片吸引了。

他在希尔薇亚办公桌旁边一把圈椅上坐下来，椅子很小，并不舒服，可是挨得近，便于说悄悄话。他告诉希尔薇亚，庞德怎样说服他来巴黎，来这里给他带来的必须立即解决的问题：给妻子诺拉、孩子乔吉奥和吕西亚找个栖身之所，给自己找个工作来养家糊口，以及赢得一点安宁好把《尤利西斯》写完。

最急的是找个安身之所，因为吕德米拉·萨维茨基不久就要收回她那套公寓了。为了解决财务问题，他打算去给人教英语，同时省出上巴黎花费的开支。在的里雅斯特，他受雇于贝尔利茨学校，给新生教英语。对一个通晓多国语言，能讲意大利语、法语、希腊语、德语、西班牙语和斯堪的纳三种语言及意第绪语与希伯来语的人，这个差使实在是枯燥乏味。

尽管视力有问题——他患有青光眼，可还是坚持在夜间写作，并且从不口述而是亲自动手，因为他希望看到作品在自己的笔下一词一句成形。他尤其希望把《尤利西斯》写完。他已经在这部作品上面花费了七年时间。所以住所问题一解决，他就要完成这部小说。大名鼎鼎的美国律师兼收藏家约翰·奎恩一页一页买下《尤利西斯》的手稿。他说，虽然只是些小钱，可有钱来总是受欢迎的。

《小评论》为在美国发表《尤利西斯》的部分章节做了勇敢尝试，可是在书刊审查官那里碰了壁。即使有出版商打算在《尤利西斯》完稿之后出版这本书，面对接二连三的查封、对簿公堂，还有纽约法庭对违规者所开出的处罚，他们都会望而生畏。

小说家告诉希尔薇亚，他的作品《都柏林人》完稿后，在将近四十个出版商那里碰了钉子。他回忆道：

"我这部作品写于1905年。在为出版它斗争了九年之后，到1914年，为了应付官司、旅行、寄邮件，我耗费了约三千法郎。我找过七位律师、一百二十家报纸与名人，除了埃兹拉·庞德，他们都不肯帮我。"

作为希尔薇亚·比奇书店的常客，乔伊斯在这里遇到了一些年轻作家，并与他们结下了友好的关系。这些年轻作家是：罗伯特·麦卡尔蒙、威廉·伯德、欧内斯特·海明威、阿希波尔德·麦克利什、司各特·菲茨杰拉德、桑顿·怀尔德，以及作曲家乔治·安太尔。乔伊斯虽然受他们奉承抬举，却并不以大人物自居。与这些年轻人一起，他持的是亲密随和的态度。他从不小看谁，不论咖啡馆里的服务生，还是年未及冠的少年，他都一视同仁，和气相待。就是整理房间的女佣，他也客客气气，就像对待王妃一样有礼。他对什么都好奇，听奥代翁街看门人说切口和听埃兹拉·庞德评论马拉美诗歌的离题话一样认真。坐出租车，碰到司机跟他讲自己的故事，他就耐心听，司机不说完他不下车。他经常发出惊叹，但是从不动粗口，最喜欢发出的感叹"掐!"是意大利词。他说话朴实自然，从不夸大其词，不喜欢用"很、最、极"字，在他认为"好"就足以形容天气的时候，听到人家说"很好"会感到惊愕。作为一个殷勤有礼的人，他看到一些同胞出入书店没有任何礼貌表示，只是一声"嗨，赫姆!"或者"嗨，鲍伯!"就问过好了，觉得反感。同样，他不喜欢听到保尔·瓦莱里谈亚德里埃娜时称她为"莫尼埃"，谈希尔薇亚时不叫姓只称名。他也不喜欢人家对他表示过分的尊敬，如有些作家称他为"亲爱的大师"，他觉得可笑。一声简单的"乔伊斯先生"，他觉得就够了。

他是个一本正经的规矩人，在亚德里埃娜·莫尼埃家里，听到莱翁－保尔·法尔格当着一些贵妇人的面，讲述稍稍轻浮的故事，他会像不谙世事的少女一样脸红。然而把他的《尤利西斯》中的一些色情章节置于一些女性读者的眼前，他却并不觉得不妥。

希尔薇亚对乔伊斯家进行回访，看到他像个顽皮孩子似的被妻子呵斥，似乎还从中得到快乐，希尔薇亚感到吃惊。不论丈夫还是孩子，诺拉都一样责骂，把他们当顽童对待。她抱怨自己嫁了个"乱涂乱画"的男人，声称他写的东西，她没读过一行。她叹息道："我哪怕嫁个农夫，嫁个赌徒，甚至嫁个捡破烂的，也比嫁给他强啊!"

乔伊斯努力证明自己是个有责任心、有理智的男人，可是他的努力虽然动人，却得不到赏识与承认。他的若即若离、无法从众随习的性格，揭示了他处于社会边缘的境况。面对不可控制的自然事件，如暴风骤雨、怒海惊涛、疾病传染、悬崖绝壁，他显得惶惶然然，毫无勇气。他的迷信超出了习俗的范围，成了让人无法生气的幼稚行为：在他看来，公寓里漏的雨水、床铺上摆的帽子、两个相遇的修女，都是巫术的显露或者灾祸的兆头。有些日子或者有些数字是与吉凶祸福联系在一起的。在他看来，有黑猫从前面的路上跑过，是走运或者有福的象征。反过来，狗则被他看作带来厄运的动物。然而乔伊斯并非不知道，当尤利西斯从奥德赛归来之际，那条忠心耿耿的义犬阿尔戈斯与主人久别重逢，竟至快乐得一命呜呼。

当睿智的尤利西斯
终于回到阔别的家乡
他的老狗马上记起他来。

可是《尤利西斯》的作者从未被《荷马史诗》和阿波里奈尔的《得不到喜欢者之歌》打动过。即使换个大诗人，也可能琢磨不出他为什么排斥犬类。

二十二

　　哈里埃特·维威小姐率先在她的杂志《利己主义者》上发表了詹姆斯·乔伊斯的作品，给她的读者送上了《一位青年艺术家的画像》。被埃兹拉·庞德发现后，在《诗篇》作者周围所有人的眼睛里，乔伊斯很快成了个象征性作家。《代达吕斯》得到 H. G. 威尔斯的赞扬、T. S. 艾略特的肯定和希尔达·多利特尔、罗伯特·麦卡尔蒙、海明威的欣赏……流亡在蒙帕纳斯的美国人纷纷效法哈里埃特·维威，竞相出版乔伊斯的作品。不过这是一个可以预料的败局，因为英美两国的印刷商和美国的出版商一样，都要按照书刊审查官的指示行事。大家都看到了，纽约《小评论》杂志的负责人玛格丽特·安德森和简·希普，就连续三次因出版淫秽读物的指控被查封，受到惨重打击。尽管有乔伊斯的热情律师约翰·奎恩充当辩护人，两人还是被法庭处以罚款，以至于破产。虽然她们的《小评论》是美国先锋派最喜爱的杂志，但结果还是办不下去了。

乔伊斯大为泄气，失去了看到《尤利西斯》在美国或英国出版的一切希望。心灰意冷的他对希尔薇亚说："《尤利西斯》永远出不来了。"也不知为什么所驱使，这个年轻女人竟然对乔伊斯使了个激将法，提议道："您愿意让莎士比亚及其伙伴书局来出版您的《尤利西斯》吗？"

这个经验不足的女书商，与乔伊斯相遇不久，就提出了这样一个问题，真有点让人觉得意外。她是想宽宽乔伊斯的心，给他解解愁，还是真认为她有办法实现他的抱负？出版一本重要著作，却无望冲破书刊审查官给出口设置的障碍，是一个棘手而危险的举动。乔伊斯一扫愁容，作出一个肯定、热情而快乐的回答，让希西薇亚大吃一惊。她永远都记得这声"愿意"。当时她只觉得自己冒失提出这个建议可笑，不久后就因面对这个艰巨的任务而发愁了。

《时代》周刊巴黎版，以及英美两国各家报纸的巴黎版都在关注希尔薇亚的义举。所有的记者都在问自己：这个年轻书商是谁？竟自告奋勇要出版一部名声臭到极点的作品？这个美国姑娘为什么要冒这么大的风险？有人很快把莎士比亚及其伙伴书局列入色情作品出版商，因为《尤利西斯》被人看作色情作品，如果在今天，会归入 X 级图书。（对于《尤利西斯》出版的动因，人们有过许多议论。这个主意来自希尔薇亚·比奇还是詹姆斯·乔伊斯？无论是希尔薇亚还是乔伊斯的回忆录对此都语焉不详。他们的证词也互相矛盾。亚德里埃娜·莫尼埃认为出自希尔薇亚比较可靠。——原注）

希尔薇亚收到了所谓色情作品的手稿。推开书店门来看热闹的人感到失望。比奇小姐的祖父与父亲都是牧师，她穿着黑色天鹅绒的正装，鼻子上架着钢框眼镜，似乎更像一个研究夸克运动的学者，而不像渴望淫乐的妓女。莎士比亚及其伙伴书局成了巴黎众多盎格鲁－撒克逊游客必游的地点：一部在他们国家遭禁，还未付印就已经让人耗掉很多油墨的作品，这个大胆的女书商竟要将之出版，他们真想一睹她的芳颜。

长久以来使英国与爱尔兰对立的冲突，乔伊斯并不想介入。他并不想以受压迫作家的面貌出现。描写自己国家的时候，他一般采用不偏不倚的笔调。在他的书里，英国的人物常常被当做外国人、有时是敌人对待，但是他也并不把爱尔兰人理想化，描写得十分完美。通过写作《都柏林人》、《一位青年艺术家的画像》和《尤利西斯》，他赋予自己的国家一种精神身份、一种文学名声，在这方面他的贡献肯定超过了民族主义者。用英语写作表明他并不只是想做个爱尔兰作家，确实，对他来说，如果用盖尔语写作，他也许会把自己幽禁在狭窄的乡土方言圈子里，得不到任何国际反响。今日爱尔兰使用的语言是英语，一如英语成了美国的语言：不是民族语言，而是文学语言。

在奥代翁街的新店安顿下来后，希尔薇亚做了一块招牌，用三角架撑起来。据认为那上面绘的是伟大的威尔①的肖像。为

① Will，指莎士比亚。——译注

什么会有这样一个兆头呢？那画像有点乔伊斯的神气，可是凭想象描绘这幅莎士比亚画像的画家维茨纳从没见过乔伊斯。

希尔薇亚的积极主动给乔伊斯注入了新活力。哈里埃特·维威虽然早就打算推出英文版的《尤利西斯》，可是不肯把它与巴黎版同时推出，乔伊斯便想方设法打消她的顾虑。不过她很痛快地同意把可能订购这个版本的读者名单告诉乔伊斯。

唉，可惜乔伊斯的快乐不能传给他人。面对有待完成的艰巨任务，希尔薇亚底气不足，因为她发现自己在出版方面缺乏经验，心里有些恐慌。用她的话说，她一进出版领域就选了一部"世界上最难的作品"来做。虽说并不认识詹姆斯·乔伊斯，亚德里埃娜·莫尼埃还是向她表示支持，自告奋勇地陪她去找第戎的印刷商莫里斯·达朗蒂埃尔，听取他对做书方式与工艺的建议。

根据亚德里埃娜的意见，希尔薇亚打算将《尤利西斯》印一千册。乔伊斯觉得这个数字太大了。照他的看法，印十二册就够了。有一天他甚至准备建议只印两册。希尔薇亚把印数加大一倍，而乔伊斯却越发变得悲观。

希尔薇亚决定出三种版本：第一种，用荷兰纸印刷一百册，由作者签名，定价三百五十法郎一册；第二种，用阿尔什出产的直纹纸印一百五十册，定价二百五十法郎；第三种用传统纸印刷七百五十册，定价一百五十法郎。有些顾客抱怨书价太贵，希尔薇亚告诉他们为出版此书耗去多少费用，并生气地说："乔伊斯为写这部书费了七年，并且把一只眼睛都写瞎了，这样来考虑，我觉得书价根本不贵。"

达朗蒂埃尔一直关注新文学在出版方面的探险，对希尔薇亚的行为十分敬重。希尔薇亚向他证实，詹姆斯·乔伊斯是当代最伟大的英语作家。她提出这个观点的时候，用的是不容置疑的口气，可是这并不能打动印刷商，经过锱铢必较的讨价还价，达朗蒂埃尔终于答应按希尔薇亚开出的价码结账。莎士比亚及其伙伴书局的钱柜只是从销售和租借《尤利西斯》中得到微薄的接济，这本书在销售上的失败大约使书店本身的存在也变得岌岌可危。

希尔薇亚通知订书者，只有交付现金，书店才会认真对待他们的预订。出于谨慎，她等到有了数额足以支付头几笔费用的预订款，才将作品付印。

希尔薇亚可以为自己与达朗蒂埃尔的谈判感到自豪与满意。她承认达朗蒂埃尔"非常爽快"，对她的每一个要求都做了让步。

在亚德里埃娜·莫尼埃的指挥下，图书分发与预订者的认购带动了"书友之家"的忠实读者。作为最早的预订者之一，埃兹拉·庞德通知他的法国与外国朋友，如 W. B. 叶芝和安德烈·纪德（出于友谊，更是出于对作品的兴趣）预订这本书。海明威预订了好几部，至于麦卡尔蒙，他每次在蒙帕纳斯的酒吧与咖啡馆里走上一圈，不收获一批订单绝不罢休。每天夜里，他都要把他这些"早结的果子"，连同对希尔薇亚的敬意，从门下塞进莎士比亚及其伙伴书局。

乔治·萧伯纳是个不好打交道的人，他根据在一些杂志上读到的《尤利西斯》的一些片断，就指责希尔薇亚出版了一部淫秽作品，并且说他相信没有一个同胞会愿意拿出一百五十法郎，买这样一部"令人反感地叙述一个讨厌的文明阶段"的作品。他认为艺术让一些"走火入魔的人产生激动与狂热，而希尔薇亚就是个被这种激动与狂热迷惑，却没有什么艺术鉴赏力的年轻姑娘"。希尔薇亚有力地反驳萧伯纳说，能够写出的所有作品，也没有乔伊斯这一部作品让她感动；她手上那份五百个预订者的名单，就是对他那坏事的预言无可置疑的反击。

乔治·萧伯纳是大错特错了。在这份预订者名单上，既有美国、英国、比利时、法国、挪威、瑞典和中国人，也有爱尔兰人。

1921年5月，收到的预订款足够支付印刷费了，希尔薇亚就通知达朗蒂埃尔开始排版；6月出了初校样。乔伊斯如愿地收到了五份校样，以修改或润饰作品。希尔薇亚答应，只要乔伊斯认为必要，就可对作品进行修改。乔伊斯不免大段大段地推倒重写。这一来让印刷商达朗蒂埃尔感到不安。他虽然尊重作者与出版商的愿望，但还是提请他们注意，页码已经比原先预计的增加了三分之一。于是希尔薇亚开始注意修改增加的费用。她就不能去劝劝，消消作者那"狂改校样的劲头"吗？达朗蒂埃尔问，整段整段文字重排，不仅增加费用，还会把她拖进她迄今为止一直小心避开的资金泥沼。可是达朗蒂埃尔的提醒和抗议，希尔薇亚并没有听进去。她横下一条心，一遍又一遍地阅读校样，不肯给作者设置任何轻微的束缚，为的是"让乔伊斯想怎么修改就怎么修改"。在她看来，她正在出版的《尤利西斯》是一部伟大的作品，为它做点牺牲是值得的。

预订者中有个名叫米尔琪娜·莫索斯的希腊姑娘。乔伊斯说，这是个吉兆。希尔薇亚得到她的有效帮助。她妹妹海伦娜也给希尔薇亚帮了不少忙，海伦娜给书店搬运书籍，充当了乔伊斯与书店之间的联系人。书店新近从杜普伊特伦街搬到奥代翁街，多少影响了《尤利西斯》的出版，这对希腊姐妹的无私帮助来得正是时候。

能够誊录《尤利西斯》手稿的打字员越来越难招募。有很多人志愿前来应聘，可是活儿一到手马上就放弃。有九个人连著名的希尔塞那一章都没有打完就走了。希尔薇亚请妹妹希普里安来帮了一阵忙。接下来，英国使馆一个公务员的妻子本来是可以把这个工作干完的，如果她丈夫没有读到那些文字的话。可是那位做丈夫的从妻子肩头望过去，读到了正在打录的文字，不免勃然大怒，把那些手稿扔进火里烧掉了。希尔薇亚闻讯后通知了乔伊斯，并要求他尽快提供副本。可是乔伊斯拿不出来，被毁的那部分只有一份副本，已经寄给纽约律师、热心的手稿买主约翰·奎恩了。不管乔伊斯与希尔薇亚如何苦苦央求，那位手稿收藏家先是不肯出借《希尔塞在巴黎》那一章，接着又同意提供翻拍一份寄来。好在收到包裹之后，希尔薇亚和乔伊斯发现照片比失去的原件更清晰。

在达朗蒂埃尔破烂却别致的作坊里，排字工夜以继日地工作，努力辨读乔伊斯那潦草的字迹。对于一句英语也不会讲的人来说，这真是一项非常吃力的差使。

乔伊斯要求把封面设计成蓝色。并不是什么蓝色都行：而是要希腊国旗的蓝色。可是在纸铺里却买不到那种蓝色的纸。令人厌烦而又徒劳无功的寻找最终让印刷商与出版商都受不了了。希尔薇亚说，一看见那蓝底白十字旗，她就觉得头疼。乔伊斯却绝不松口：他们送来的每一款蓝色样纸都不是希腊国旗的那种天蓝色。

一次到德国旅行期间，达朗蒂埃尔终于发现了那种久寻不遇的蓝色纸。可惜的是，纸的克重不够，做封皮太软，于是印刷商决定在白卡纸上印上蓝色；这种蓝与白多少接近了希腊国旗的颜色。

《尤利西斯》的出版商与印刷商尚未尝够詹姆斯·乔伊斯的苦头。现在乔伊斯吩咐，他的书必须在1922年2月2日，他四十岁生日时面世，这也就是说，至多只有两个月就要做出来。这个出乎意料的专横决定打乱了印刷商定下的工期。可是面对人家的拒绝，乔伊斯仍然不屈不挠，连着给希尔薇亚和达朗蒂埃尔写了十来封信，央求他们无论如何要在他生日那天将一本《尤利西斯》交到他手上。希尔薇亚本就准备再次满足她的伟人的心血来潮，加上她又明白乔伊斯是多么希望在生日那天庆祝他生命中的两个重大事件，于是答应他的请求，动身去第戎，说服达朗蒂埃尔想方设法在2月2日赶制出一本。印刷商最后答应赶制一本，好让她能够作为寿礼郑重地送给乔伊斯。达朗蒂埃尔其实做得更漂亮，在2月1日，也就是这位名人四十岁生日的前一天，他把一包东西交给了里昂至巴黎的火车司机。

列车第二天早上七点到达，包里有两册《尤利西斯》。

那天早上，希尔薇亚焦急不安地等着列车，看到巴黎－里昂－地中海铁路公司巨大的太平洋 231 号机车头拖着从蔚蓝海岸驶来的车组出现在前方。当列车终于在喧嚣声和喷出的蒸汽中停稳之后，司机跳下车，突然走到希尔薇亚面前，像送上鲜花似的递给她一个包裹。希尔薇亚呼吸急促地打开包裹，两本蓝壳新书出现在眼前：一号是给乔伊斯的，她回店的路上就会去交给他；二号是给她的，她将把它放进莎士比亚及其伙伴书局的橱窗，摆在最显眼的位置。

尽管有许多排版错误，可是在这个好日子带来的愉快心情里，乔伊斯给希尔薇亚写信，承认"您为这本书的出版操了那么多心、吃了那么多苦，不向您表示感谢，我这一天是没法过的"。随信附了一首匆匆急就，步"威廉·莎士比亚韵"的小诗：

> 希尔薇亚是谁，竟有这份魅力，
> 得到我们所有文人的赞溢？
> 她是美国人，年轻正直，
> 西部地域给了她浑身勇气，
> 把拿到的稿子都印成书籍。
> 她是因为有钱才有胆量？
> 可财富往往缺乏这份魄力，
> 人群竞相涌到她身边，
> 签名预订《尤利西斯》
> 过后才问买的是什么东西。

来吧，让我们赞美希尔薇亚，

她的胆气在于不凡的销售力。

她能够卖掉所有的平庸之作，

再乏味的书也所剩无几。

让我们赞美她，给她带来生意。

《尤利西斯》被预订一空，订户得到通知，知道书出来了，都急于收到书一睹为快，现在的问题仍是安抚读者，劝他们少安毋躁。然而交货迟缓，希尔薇亚有点不安，迄今为止，达朗蒂埃尔交付的数量，还不超过五十册。3 月，希尔薇亚忍不住了，就与亚德里埃娜·莫尼埃一起去第戎，与印刷商一起采取措施，确定更快交货的期限。随后，到货的节奏加快了，最后书把书店的空地堆满了，使得书店都没有多少空间开展活动了。为了让预订者尽快拿到书，两个女人帮着打包、捆包、贴标签，又把邮包送到邻近的邮局。两个忠心耿耿的希腊姑娘米尔琪娜与海伦娜·莫索斯在乔伊斯面前忙来忙去，而乔伊斯与其说参加劳动，不如说是在监督两个小姑娘干活儿——虽说有一天有人看见他在贴标签，接着又看见他弯着腰，扛着他的杰作[①]去邮局寄发。他很精明，叮嘱希尔薇亚先把爱尔兰人订的书寄发。他得到消息，他祖国的新任邮政部长已经为教权派所控制，教权派组织了一个监督委员会来协助新任部长工作。这种改组安排有可能加大禁书措施的力度。幸好在爱尔兰邮政管理部门发

---

① 一本《尤利西斯》重一点五公斤。——原注

现禁书入关之前，该国的订户都已经确认收到了订书。

美国海关的找碴儿也是很偶然的事情。寄给约翰·奎恩和别的美国预订者的书都如期平安寄达，但是另一些书则不是延期到达，就是如期寄到后遭到查禁销毁。为了瞒过海关官员，少不了要用上一些奥代翁街的贵妇根本没法想象的计策。

两个女人把她们的为难之处告诉了海明威，海明威冒出一个主意：来一次聪明的走私行动。问题是要说服一个名叫巴尔纳·布拉韦尔曼的画家，在加拿大安大略省的温莎取了邮包，再从那儿通过密歇根湖上的渡轮，把书一本本分寄到美国预订者手上——《尤利西斯》在加拿大并未遭禁。那个名叫布拉韦尔曼的人把书藏到他的画具箱里，在两国之间来回跑了四十多次，把四十来册订书寄到了美国预订者手上。这个办法执行得非常好，虽然做起来单调而枯燥。每次过湖，布拉韦尔曼都必须在加拿大这边小心地折开邮包，把书取出来，过了湖再在美国那边重新包好发邮。

把最后一本书寄走之后，布拉韦尔曼给希尔薇亚寄了一张五十三点三四美元的发票。他利用这个机会问她，有谁能把他介绍到巴黎，哪怕是干一份同样枯燥的活儿。至于乔伊斯，他对画家完成任务的方式甚为满意，在一本《尤利西斯》上签上大名，寄赠给他。

第一版分发完毕，第二版就已经付印了。希尔薇亚·比奇想在今后保留《尤利西斯》出版者的特权，就加强了与乔伊斯的紧密合作，虽说这位仁兄总有一些苛求，始终那么专横。希尔薇亚认为出版商这种工作虽然复杂，却是卓有成效的，能够带来财富。至于乔伊斯，他并未打算结束与她这位"奇怪的小出版商"的来往。

《尤利西斯》面世后的若干星期，乔伊斯不知不觉地对莎士比亚及其伙伴书局着了魔，每天都赖在书店里不走，一天比一天赖得久。用希尔薇亚的话来说，成了一个"真正的老赖"。希尔薇亚本人与她那些女性合作者都被他缠住，任其剥削。他叫她们帮他写信，给他记账，与外国的出版商联系，看有无可能将《尤利西斯》翻译出版；还要帮他跑腿购物，监督他的开销，替他赴约，保护他免遭记者与讨厌鬼的打扰。希尔薇亚对他无比敬重，对他的心血来潮和小性子也是百般迁就，而且是绝对牺牲自己。只有一次，就是乔伊斯要将莎士比亚及其伙伴书局改造成他作品的出版中心时，她才没有顺从。

当乔伊斯注意到，希尔薇亚版印行的数千册《尤利西斯》供不应求时，就向哈里埃特·维威提议，由她在英国也来印行一版。维威本来是要在英国出版这部作品的，可是在她本人受审判刑、《小评论》杂志停刊之后，她把出版日期推迟了。《都柏林人》和《一位青年艺术家的画像》从前就是由她出版的。因此，当乔伊斯肯定她已经开始工作之后，就要求希尔薇亚允许维威使用老版。不过他没有告诉希尔薇亚，他与维威达成了协议。希尔薇亚很难拒绝这个要求，因为它肯定有利于作品的销售。

由于手头缺钱，乔伊斯催促哈里埃特·维威尽快出版他的作品，这么做既是为了压制盗版，也是为了能从希尔薇亚无法满足的需求上获利。

这个新版交给了一个经验丰富的人来印制：约翰·洛德克，作家、出版商，曾经接替庞德主编《小评论》。此人来到达朗蒂埃尔在第戎的印刷作坊一看，发现不花大钱，就没法改正原版的排版错误，他没有更好的办法，只好决定加印一张勘误表，夹在书里发行。1922年10月，新版两千册印制完毕，定价二点二美元，上市后在巴黎迅即销售一空；而寄到美国与英国的书却并不顺利——有五百册被纽约邮政当局查获或销毁。

巴黎一些零售书商是希尔薇亚·比奇的忠实客户，看到《尤利西斯》冒出一个新版本，纷纷指责她违背了最初确定的不印很多并且编号的方针。在他们看来，新版比老版卖得便宜，会冲击老版的市场，使老版滞销。他们认定这个"骗人的可耻版本"就是老版的复制品。

既然是乔伊斯秘密并仓促与哈里埃特·维威达成协议的，就要对此负责；而希尔薇亚也就不管这件事引起的纠纷，把书商们的抱怨交给乔伊斯处理。

乔伊斯的儿子受父亲委派，到巴黎经销英美文学作品的书店转了一圈，调查书商们对新近再版的《尤利西斯》为何持保留态度的原因。当年轻的乔吉奥告诉父亲，无论布伦塔诺书店、泰尔奎姆书店，还是加利亚尼书店，都没有因为第二个版本的上市造成损失，乔伊斯非常高兴，赶忙把自己的满意之情告诉了哈里埃特·维威。他在给她的一封信里说，谁都注意到，新版重量与开本与希尔薇亚·比奇版本不同，并不会扰乱老版的销售。乔伊斯声明："任何经销收藏本的书商都无权对我说，我的书有多少册应该打折销售。"他还虚张声势地补上一句："那些气冲冲的书商不管采取什么行动抵制《尤利西斯》，最终都会失败。"

这个新版本引起的摩擦并未使希尔薇亚·比奇与詹姆斯·乔伊斯的关系恶化，两人间的合作更是未受影响。他们作为作者与出版者的关系一直持续到1939年。那一年，《尤利西斯》在美国出版，不过只能摆放在书店的色情书架上，与《法妮·希尔》和《铁路遭劫》一起出售——虽说乔伊斯的作品只有百分之五的可能被视为色情作品，绝不会更多。

希尔薇亚·比奇印了九版《尤利西斯》，总计将近三万册，她对这个数字非常满意。虽说大部分书是通过预订与书商代销卖出去的，但有时也有一些游客来到莎士比亚及其伙伴书局买上一本。在这种情况下，希尔薇亚会在书皮上匆匆装上一个封套。封套上印着经得起检查的书名，如《一卷本威廉·莎士比亚全集》。

既然乔伊斯的作品被明显地归入禁书之列，希尔薇亚似乎就不必给那些寻找色情内容的读者指出《尤利西斯》的文学品质了，再说这种名声也并非未给作者带来令人快慰的好处。他的版税提高到纯利的百分之六十六，可尽管占有这个份额，乔伊斯还不断要求预付版税，希尔薇亚常常不得不把刚分到手还没有焐热的利润拿出来垫付。

"莎士比亚及其伙伴书局总是出力多，盈利少。"她带有一丝无可奈何的意味，宽容地说。

二十世纪三十年代在美国，盗版《尤利西斯》成了一种通行的做法。无论对希尔薇亚还是作者，这都是一笔巨大的损失。在乔伊斯看来，希尔薇亚应该关闭巴黎的这间书店，到美国去另开一家，以便在她自己的国家出版《尤利西斯》。可是希尔薇亚不听他的话。她肯定地说，她绝不会离开奥代翁街。她建议乔伊斯在大西洋彼岸另找一家出版商。而作为回答，乔伊斯交给她一份议定书，催促她接受他的作品的全球出版权，并且答应，如果经营失败，将与她再订一份协议，在确定的日子，以她确定的价格将出版权卖给她。

1930 年，有一版《尤利西斯》瞒着他们在美国偷偷地面世了。在这种情况下，希尔薇亚·比奇将她的第十一版《尤利西斯》投入销售。这一版印了四千册，是数量最大的一版。

1933 年，法官伍斯利作出了一个历史性的裁决，解除对《尤利西斯》的禁令，他宣布说："……确切地说，该书的性描写过度了些，让人觉得不舒服，但不能说是色情作品。"于是兰登书屋立即作出决定，出版詹姆斯·乔伊斯的作品。

乔伊斯开始与国际出版商们接洽、商谈。他渐渐将希尔薇亚排除在这种谈判之外，并非没有私下的考虑。有一天他问希尔薇亚，要什么价才会出让《尤利西斯》的出版权。希尔薇亚开玩笑似的回答说："两万五千美元。"又一天，她接待了一个"特派员"的奇怪来访，来人向她证明，如果继续把《尤利西斯》的出版权抓在手里，她就有可能会妨害乔伊斯的利益，还说，确定他们双方合作条件的合同在法律上没有任何价值。

希尔薇亚对这套做法感到厌烦了吗？我们不知道，不过，她还是打电话给乔伊斯，说她希望放下身上的重负，他乔伊斯可以按照他所希望的条件来随意支配《尤利西斯》的出版权。对莎士比亚及其伙伴书局来说，这是个沉重的决定：一方面，这意味着失去了主要的收入来源；另一方面，书店已被三十年代初开始肆虐的经济危机摧残得弱不禁风，这一下又失去了大部分前来购书的美国游客，只好勉强挣扎。有一个朋友与作家的圈子决定帮助书局，使其免于破产，遂成立了一个"莎士比亚及其伙伴书局之友"协会，每月举行艾略特、海明威、纪德、瓦莱里等人的作品阅读会，其收益可使书局勉强维持，不致关门。

乔伊斯背弃允诺，没有补偿在他出道之初持有他作品出版权的女性朋友的损失。在抗争了十年，让世人接受了她敬重的作家的杰作之后，希尔薇亚伤心地接受了这个事实，决定终结与乔伊斯的合作。她虽然对外人表示，她对此并不介意，但还是让人感到，拿走她坚持不懈、克己牺牲才圆满推出的作品的出版权，且不作任何补偿，她是多么痛苦。

乔伊斯虽然近来仍在斥责无耻非法地使用他作品的行为，但自己却成了独占集体劳动成果的可悲例证。

二十三

在 1925—1926 年间，菲茨杰拉德与海明威的友谊达到顶点。司各特·菲茨杰拉德比过去更关注海明威的写作，参加了《太阳照常升起》的修改定稿，不过这分慷慨的贡献海明威却并不知道。他不愿意欠任何人的情。他后来在《巴黎是个节日》里强调，菲茨杰拉德对他没有任何影响。在将《太阳照常升起》交稿之前，他从没有给菲茨杰拉德看过。海明威的记忆力有点衰退。司各特在这部书稿的修改中起了很大作用。他的意见促使海明威在 1925 年底至 1926 年初将这部小说推倒重写，不过他没有对朋友说过一句。

接下来，1926 年 4 月，在把书稿寄给斯克里伯纳之前，海明威又求菲茨杰拉德把小说读了一遍。他在自信与怀疑中摇摆不定。"我如此希望你会喜欢它。你会在 8 月读到它的。"海明威写信告诉菲茨杰拉德，接着又说："你不会喜欢它的。"由于自己也不清楚是好是坏，他等着菲茨杰拉德的意见，希望它是赞美。菲茨杰拉德夫妇在儒昂雷潘租了帕基塔别墅居住。海明威通知司各特，他会把稿子带到儒昂雷潘，要不就带到昂地布墨菲夫妇家里。他还补充说："欢迎你提出意见建议。迄今为止，我还没给任何人读过这部稿子。"他在信里附上了一段嘲弄《了不起的盖茨比》和八年后司各特·菲茨杰拉德在《夜色温柔》里阐发主题的文字。对于这种不义行为，菲茨杰拉德隐忍着不予置评。反过来，他告诉海明威，海明威认为加拿大的苏必利尔湖里没有鲥鱼，其实错了。《了不起的盖茨比》这部小说中的一个人物，年轻的贾默斯·盖茨比，就是在美国烟波浩渺的大湖上"钓鲥鱼、采帘蛤的渔人"。海明威对于钓鱼非常精通，抓到了菲茨杰拉德的差错，很是得意。而司各特·菲茨杰拉德被他挑了错，很是气恼，回击说《不列颠百科全书》写得清清楚楚，苏必利尔湖有鲥鱼或肉色像鲥鱼的鳟鱼存在。海明威则戏谑似的回答："《百科全书》里的鲥鱼比苏必利尔湖里的鲥鱼多一千倍。"

更不义的行为要数那篇被重新发现的引言草稿。在那篇文字里，海明威借格楚德·斯泰因的汽车修理工对"垮掉的一代"作家的看法，阴险地把批判的矛头对准了菲茨杰拉德。他写道，他坚决要与这群伪作家划清界限。在他看来，投身于文学是一桩严肃的事情。他也指责了那些为糊口而写一些急就文章在无聊专栏发表的人。

海明威把《太阳照常升起》题献给他的儿子。这部作品得到了他的出版人，斯克里伯纳出版公司的魏尔伦斯的称赞。但是这些赞誉只是掩盖了出版委员会对这部作品的严厉批评。魏尔伦斯不同意同事们的意见，说将海明威的第一部长篇小说拒之门外，会对公司的名声产生不利影响，公司极端守旧早已是名声在外了。他在会议纪要里记了一笔：尽管"有人持保留意见"，选题还是获得通过。在 5 月 29 日写的一封信里，魏尔伦斯把出版委员会一些批评意见告诉了菲茨杰拉德。当司各特·菲茨杰拉德收到这封信时，已经建议海明威修改这部书稿。

目前，海明威为自己的书稿受到魏尔伦斯的青睐而高兴。他希望从朋友那里得到同样的看法，就放了一份抄件在菲茨杰拉德那里。菲茨杰拉德马上认真地阅读起来，认为一个作家，既是由他介绍给斯克里伯纳出版公司的，那么帮助他确确实实地把第一部书出好，才够得上交情。在一封长达十页、意见详尽的信里，司各特时而说他的作品哪里哪里写得糟，时而又说哪里哪里写得好。那些好话中夹杂着一些歉意，好使他常常不留情面的批评变得容易为人所接受。菲茨杰拉德期盼海明威修改开头部分，并希望他的批评不致损害他们的友谊。这封信一开头，菲茨杰拉德就肯定地对海明威说，最好听听一些著名作家的意见。他说，他本人刚出道的时候，很重视来自诸如艾德蒙德·威尔逊、马克斯·魏尔伦斯和另外一些经验丰富的人的建议，他就是在征询他们的意见之后，才推出长篇小说《天堂背面》的。今日他已是文坛的斫轮老手，也就自认为有资格对成长中的小说家发表一些意见了。

海明威太想成为一个著名作家了，不可能看不出司各特的建议很有道理。他也不一字一句地锱铢必较，决定干脆把小说的开头部分删去。可是，出于自尊，他虽然接受了菲茨杰拉德的意见，却又不肯恰如其分地承认这种帮助的重要。

在感谢菲茨杰拉德对书稿《太阳照常升起》所做的工作之后，魏尔伦斯叮嘱海明威注意作品中人物的匿名性。巴黎无拘无束的生活和表达自由，有时似乎使作者忘记了美国书刊审查制度的严厉与自由裁量的权力。

《太阳照常升起》于 1926 年 8 月 22 日面世。新闻媒体的肯定抹去了小说面世时经受的种种磨难。在众口一词的赞誉声中，只有多斯·帕索斯在《新群体》上发表了不同声音，使这种和谐稍稍降了些调。他承认作品确实写得好，但又指出："我随便翻到哪一页，读几行，都觉得写得很好，可是读完一页后，就觉得内容开始疲沓了。"

作为一个为个人自由与充分权利的事业而斗争的战士，多斯·帕索斯其时正在为萨科与万齐蒂案件①奔走呼号，因此不看好美国的文学创作，更不理解海明威小说里的颓废人物。"美国的创作究竟发生了什么事儿？想必'垮掉的一代'这些并非不幸的年轻人是在寻找与此文所指的不同的生活方式吧。"他在文章里叹息道。

---

① 萨科与万齐蒂是两个无政府主义者，被怀疑谋杀了美国布伦特里一家工厂的出纳与保安，于 1921 年被马萨诸塞州高等法院判处死刑，并于 1927 年执行。此案被普遍认为判决不公，在全世界激起强烈抗议，因此具有了广泛的社会与政治意义。丘利亚诺·蒙塔尔多于 1971 年将此案搬上银幕。——原注

这个不友好的举动显然会损害他们的友谊，不过海明威还是平静地领受了这一打击。多斯·帕索斯把文章副本寄给海明威，说了一堆表示歉意的话，可是并没有改变自己的判断：

"我写了一篇该死的文章，虚头巴脑、假模假式，心里很不舒服。不管怎样，这本书不仅让我不舒服，而且还让我迫不及待地想见你，让我怀念一起喝的那些好酒、吃的那些山鹬，在潘普洛纳镇看到的那些奔牛和曾经经历的一切。"他情绪低落，继续写道，"我碰到什么事都要发火。我觉得自己写的文章，我喜欢的人写的文章都是废话。他们将处死萨科与万齐蒂（……）整个是一场无法形容的乱局。"

至于菲茨杰拉德，在12月写信给海明威说："其实，说起大作，我更喜欢印出来的，而不是写在纸上的。"司各特虽然对这部长篇小说的修改完善起了很大作用，做了一些出版者的工作，却并未要求得到任何感谢。11月，海明威真是春风得意：书卖得很好，又重印了一版，还有两个英国出版商提出购买版权。在写给菲茨杰拉德的一封信里，他提到了这位朋友给他的帮助，并告诉他，已经要求斯克里伯纳在以后重版时加上这么一句：

《太阳照常升起》

是一个更为俊美的盖茨比

（写作中感受到爵士乐时代的先知 F. 司各特·菲茨杰拉德的友情）

海明威这样写，大概是强使自己不予承认菲茨杰拉德的友好帮助，而菲茨杰拉德本人对自己做的事情始终守口如瓶。在给约翰·奥哈拉[①]的一封信里，司各特甚至提到，为了把他的帮助说小，有部分手稿甚至失落了。后来，当忘恩负义的新星朋友在文人的天空升起时，司各特坚持在幕后扮演同一个默默无闻的角色，不许自己伤害海明威，生怕这样做会损及两人的友情。

海明威因为离婚而情绪低落，未能赴菲茨杰拉德夫妇居住的蔚蓝海岸，只好写信给司各特：“我真想见见你们。无论欧洲还是别处，我能说出同样多的好话坏话的人，只有你一个。我真想见见你。（……）我想把煤气阀扭开一半，想用保险刀片割手腕，可是我忍住了。（……）我一天吃一顿饭，感到累的时候，就休息个饱足——近来我像疯子一样劳碌，我重新开始生命，虽然把小说卖给斯克里伯纳公司很有前景，可是比十四岁时还要穷。”

对于朋友的苦恼，司各特并非无动于衷。在离开儒昂雷潘回美国时，他再次向海明威表示了兄弟友情，并让他放心：“以后，不论遇到写作问题、金钱问题，还是个人问题，都可以来找我。”

自从妻儿离开后，海明威变得一文不名。为了他们母子二人，他把过去拥有的一切都放弃了。墨菲夫妇一如既往，表现出了同情与慷慨的性情。当海明威夫妇告诉他们两人分手的打算时，热拉尔德建议欧内斯特住到他在弗瓦德沃街六十九号的

---

① John O'Hara, 1905—1970, 美国小说家、记者，《纽约客》的专栏作者。——原注

画室。在转回巴黎动身赴美国之前，海明威见到画室桌上放了四百美元。

轮到司各特登船离开欧洲回美国了。他在这里过了"虚度与悲惨的七年"，已经动笔的长篇小说也没有写完，走时手头比1924年来时更拮据。他离开法国，在这里他始终觉得自己是个外国人。

在巴黎，他更喜欢里茨饭店的酒吧而不是塞莱克特酒馆，更喜欢右岸而不是蒙帕纳斯，他避开"垮掉的一代"作家的各种投机，与泽尔达在蔚蓝海岸过着美国人的不自然的生活。在那里，他们经常为一个自毁的秘密意愿所纠缠，转过各种各样的荒唐念头。

命运行将终结：泽尔达患上了精神分裂症，必须住院治疗。她是在丈夫之后去世的：1948年她住在瑞士瓦尔蒙一家精神病院时，死于一场火灾。

司各特默默无闻地在好莱坞当编剧。在那里，他的文学光荣被人遗忘。在与赛依拉·格拉海姆[1]来往之初，他希望介绍她读一部自己的作品，找遍好莱坞，却是空手而归。有个书商答应给他找本二手书。

逝世前几个月，他还生出重游欧洲的打算。他对赛依拉说，到法国后，他将写一部关于战争的小说："这样一来，欧内斯特就不再是独霸这个领域的家伙了。"

---

[1] Sheilah Graham，美国女记者，二十八岁成为菲茨杰拉德的情妇，直到情人去世为止。——原注

他有很强烈的写作欲望，想通过小说来挣钱花费和还债。尽管他认为自己是个碌碌无为的作家，还是写了长篇小说《最后一个总督》的最后部分。这部杰作在他身后出版，可惜是个未完成本。他还反复回忆了在普林斯顿的往事，给一篇回忆普林斯顿橄榄球队的文章加注了一些并不可靠的思考，文章发表在《普林斯顿校友周刊》。他曾想加入那支橄榄球队，但被拒于门外。1940年12月21日，一次心脏病突发，菲茨杰拉德死于赛依拉的公寓，终年仅四十四岁。

作为司各特的老朋友，多罗茜·帕克[1]前往医院太平间，与他的遗体告别。她凝视着老友灰白的面孔和满是皱纹的双手，深情地小声说："可怜的家伙！"在一个记事簿上，司各特写了他的墓志铭："接着我一醉数年，再接下来我就一命呜呼。"泽尔达病情太重，没法出席葬礼，赛依拉不便露面，也没有参加。不过1940年12月27日在（马里兰州）石头城公墓举行的葬礼，他的女儿司各娣、墨菲夫妇和魏尔伦斯夫妇都来了。

海明威当时在古巴。作为一个有耐心的谨慎的调和人，魏尔伦斯待葬礼过后才决定写信把司各特的死讯通知海明威。在信里魏尔伦斯解释了未及时通知他的原因。11月21日，海明威与在（怀俄明州）夏延镇姘上的玛莎·葛尔红[2]结婚。

---

① Dorothy Parker, 1893—1967，美国小说家、诗人，《名利场》、《浪潮》、《纽约客》等杂志的撰稿人。——原注

② Martha Gellhorn，海明威于1945年12月21日与玛莎·葛尔红离婚，1948年3月14日在古巴与玛丽·韦尔什结婚。——原注

二十四

希尔薇亚·比奇打算推出乔伊斯的《尤利西斯》法文版。这个决定一做，亚德里埃娜·莫尼埃就冒出了把这部杰作翻译成法文的想法。读过莎士比亚及其伙伴书局推出的初版《尤利西斯》之后，瓦莱里·拉尔勃就想，法国读者读不到这部情色描写举世闻名的杰作，多可惜啊！而在法文读者中，莱翁-保尔·法尔格又是最急于一睹为快的人。谁会同意投身于这样一桩事业呢？有人想到了拉尔勃。他耗时五年多，翻译了切斯特顿（Chesterton）和萨缪尔·巴特勒（Samuel Butler）的作品，从而享有巨大声望。

拉尔勃要在"书友之家"举行一场讲座，会后将抽出《尤利西斯》的一些部分朗读，为此，雅克·贝诺阿斯特－梅珊①先将该书的一些片段翻译成法文。亚德里埃娜·莫尼埃是个有心人，她先给客人打招呼，说有些书页中的描写比较大胆，可能会让他们觉得反感。有些段落的表达略嫌生硬，于是请法尔格来翻译。有了这些素材，瓦莱里·拉尔勃就开始准备讲座。

1921 年 12 月 7 日，在演讲之中，瓦莱里·拉尔勃非常真挚地提醒听众："一个读者，如果不是文人，或者没有一定的文学修养，读了三页就会把这部小说放下。"

亚德里埃娜·莫尼埃暗中希望请瓦莱里·拉尔勃来翻译这部作品。他也没有说不行，但是回到他在维希附近那荒僻的隐居地山谷林之后，他觉得有些累，就去看医生，医生嘱他好好休息，几个月内不要劳累。于是他就彻底放弃了这项工作。可是已经开始的工作不能继续，他又觉得可惜，就建议让奥古斯特·莫莱尔和斯图亚特·吉尔贝来翻译，担保他们不会出错。他甚至同意监督这项工作。他死活也不肯挂名，为的是把功劳让给两位译者。不过亚德里埃娜·莫尼埃还是称他为译文的"终审"。

奥古斯特·莫莱尔是个年轻的法国人，不到三十岁，斯图亚特·吉尔贝是英国人，是自愿参与，不计报酬，两人就在詹姆斯·乔伊斯本人和瓦莱里·拉尔勃的监督下干起活儿来。他们翻译的是讲述主人公莱奥波德·布卢姆 1904 年 6 月 16 日那天经历的著名章节。

---

① Jacques Benoist－Mechin，法国作家、历史学家。——原注

"书友之家"的法文版《尤利西斯》推出七十五年之后，有一群新人决定重译这部杰作。[1]上世纪二三十年代，作家的自我审查常常非常严谨，生怕用词不当，遭到社会弃绝。今日的词汇要比那个年代大胆，并无那么多顾虑，也就促使人们要来解放一个诞生于那个年代的译本。

　　"您这样一个有理性的人，怎么可能让《尤利西斯》这个怪物滚到我们胯下？"克劳德·罗伊[2]向亚德里埃娜·莫尼埃发问。亚德里埃娜告诉他，这事说起来已经有十多年了。瓦莱里·拉尔勃在奥代翁街朗读了《尤利西斯》译本的头一些片段。那天"小核心圈子"在"书友之家"聚会，大家听到了那些聪明而滑稽的模仿《奥德修斯》的文字，认为得赶紧让大家认识詹姆斯·乔伊斯的作品，那时法国读者对这位作家还一无所知。

　　亚德里埃娜·莫尼埃接替希尔薇亚·比奇，同意冒冒风险，出版《尤利西斯》的法文版，以使法语读者得以完成一次著名的领受神秘教义的旅行，一次并非风平浪静的精神之旅。"作者在旅途设下了众多圈套，读者要有和他一样多的技能与知识才能解开这些圈套。"

　　1920年，埃兹拉·庞德具有先见之明，建议乔伊斯离开苏黎世到巴黎安身。这个爱尔兰人与小小的美国书店偶一相逢，就促使二十世纪一部最伟大的文学作品诞生了。

---

① 由雅克·奥贝尔主译的新版《尤利西斯》由法国伽利玛出版社《世界名著译丛》于2004年6月推出。——原注

② Claude Roy, 1915—1997，法国诗人、小说家、专栏作家。——原注

二十五

康拉德轮船公司的创始人、船王萨缪尔·康拉德爵士的孙女南希·康拉德于 1920 年来到巴黎，为逃离了一个从不爱她的家庭而高兴。南希的父亲关心围猎胜过关心子女，母亲则对生育深感厌恶，竟然宣称"生孩子"是"粗俗至极的事情"。南希是由一些保姆护士带大的。夹在这样的父母中间，南希的童年是在一个"有四十个仆人却没有一个亲人的家庭中度过的"。

南希这个富有的继承人美丽迷人，既有才华，又充满活力，性格倔强，喜欢反抗，想远离家庭那个刻板环境的种种束缚，按自己的意愿在巴黎度过疯狂年代。在遥远的莱斯特郡，康拉德女士就在那个刻板的环境里，统治着从内维尔小树林产业开始的家庭的社会与社交生活。

在巴黎，南希与美国作家们结下了友谊，贾内特·弗拉纳与索利塔·索拉诺夫妇、罗伯特·麦卡尔蒙、埃兹拉·庞德……还有她的同乡兼情人阿尔杜斯·休克斯利[1]，她影响后者写出了《对位法》里的吕茜·谭塔蒙特这个人物。她也经常与超现实主义者安德烈·布勒东、勒内·克莱韦尔、"达达运动"的发起人特里斯丹·查拉等人见面。她分享查拉那不放过一切的幽默。对路易·阿拉贡，她也产生过纷乱的爱情。

作为蒙帕纳斯各家咖啡馆、布瓦西-昂格拉街二十八号的时尚酒吧"牛在屋顶"和艾蒂埃纳·德·勃蒙伯爵在罗什舒阿大马路招待巴黎社交界与艺术界人士，如作家科克托、莫朗、查拉、画家德兰、布拉克、作曲家米洛、索盖、萨蒂等的晚宴上的常客；作为给雕刻家布兰古齐、画家柯柯史卡、奥尔蒂·德·扎拉特、摄影家曼雷和塞茜尔·比顿提供灵感的女人，南希自孤独而早熟的青少年时期起就对诗歌生出一份偏爱。最初的几步是由母亲康拉德女士的老朋友乔治·莫尔引导的。乔治·莫尔比她年长四十多岁，在东中部乡间的长途漫步中，他引导她的精神对艺术，尤其是法国绘画、英国诗歌，也许还有别的更实用的学科敞开大门。待到年龄稍长，她被送到慕尼黑，攻读俄罗斯、德国和斯堪的纳维亚文学，还学习音乐。

莫尔读了她最初的诗作，其中有六首在《Weels》上发表。这是伊迪丝·西特韦尔[2]主编的一部诗集。不过在巴黎，一些"烂舌头"认为，她启发别人写的诗比自己写的更好。

---

[1] Aldous Huxler, 1894—1963, 英国诗人、记者、小说家。——原注

[2] Edith Sitwell, 1887—1964, 美国诗人，是反对当时知识界因循守旧态度的文艺先锋运动"BLOOMBURY 团体"成员。伊迪丝在该组织中以身材高大和表现积极出名。——原注

虽然这些诗能够发表，让她那么惊喜，但这个美丽而备受奉承的年轻女人只觉得当务之急莫过于学习手工印刷。在她身上，这是一种癖好、一份需要、一个痴迷的追求。在家庭僵冷的氛围中，这被看作一种平凡的消遣。在法国，她花了三百英镑，盘下了比尔·伯德的印刷器材，终于实现了自己的梦想。此举也结束了三山出版公司的经营活动。

在刚刚逝去的七年之中，比尔·伯德在他圣路易岛的小小角落，花费大量的时间和金钱，印刷出版了一些少见的豪华书，书上印着三山出版公司的标记。他这么做，纯粹是图快活，根本不计成本，也不考虑营利。

多亏新近获得的一笔遗产，南希·康拉德买下了方井田庄。这是一个荒芜的诺曼底村落，坐落在从前厄尔省的拉莎拜尔 - 雷安维尔，离巴黎有八十公里。她决定在这里安身，并且把印刷厂也建在这里。

当然，比尔·伯德负责向她提供古老而笨重的马提厄印刷机。他还答应给她速派一个印刷师傅，一个操作手摇印刷机的专家，还负责向她传授手工印刷作坊的基本知识。路易·阿拉贡作为派来的印刷器材代表，也同样给她充当口译员。

当南希在现场监督田庄的翻修改造、并在牲口棚里安装印刷机与切纸机的时候，比尔·伯德派来的印刷师傅莫里斯·莱维来到了地上一片瓦砾的安装工地。

看到业主选择这样一个地点开办印刷作坊，他大吃一惊，而在发现他到来之前粗糙印刷的一大沓广告后，他就更加吃惊了。这些折叠式的单子是宣告乌尔出版社成立的广告。乌尔是南希创立的出版公司的名称。她并不是偶然选中此名的，在她看来，它使人联想到刘易斯·卡罗尔①的《史纳克行猎记》中的一节，体现了劳动的概念。

这位印刷师傅是个粗鲁汉子，喜欢嘀嘀咕咕，来到拉莎拜尔－雷安维尔时，以为会见到一个渴望学习印刷技艺的乖乖女，而他在这方面正好是个行家里手。可是一见到南希，他就被她优雅的气质、威严的架势、无拘无束的举止，还有她要很快把手艺学到手的急迫心情惊住了。他对她说："学这门手艺，至少要七年工夫呀。"

"为什么要这么久？"她吃惊地问。

莱维就告诉她新学徒是怎样培养出来的。他说，浇铸铅字、裁切纸张以后，都有边角余料，学徒一进门，就要从捡拾边角余料做起，要打扫车间，把乱七八糟混做一堆的铅字上架归类，要帮师傅采办货物。直到有一天，作坊主人认为教他排版的时刻到了，才会把一块手盘交给他，要他在盘子上排字码句。最后，长久地耐心等待之后，老板才会让学徒去学印刷手艺。

南希不愿照他说的去做："亲爱的先生，我不会花这么长的时间学艺。我希望花几天工夫就把您的本事学到手，以后有您在、没您在，我都能干好活儿。"

康拉德小姐这番毫不客气的言语把印刷师傅听得目瞪口呆。

---

① Lewis Carroll, 1832—1898，英国作家查理·路德维奇·道奇森的笔名，代表作有《爱丽丝漫游奇境》。《史纳克行猎记》是其一首玩文字游戏的诗。——原注

莱维本以为会受到恭恭敬敬的接待，就像徒弟对师傅理应做的那样，不想遇到一个言行举止明显不甚恭敬的英国小姐。南希对他传教能力的轻视，还有她嘲笑传教印刷手艺的那种举止神态，都让印刷师傅反感。在气头上，他大声宣称，说她南希与阿拉贡要把依老祖宗的规矩定的协议"炸得四处横飞"。

然而南希还是清楚自己缺乏经验。她对一个朋友说了心里话："说来也不好意思，我在这行连一个熟人也没有，就投入了这样一桩冒险事业。这种孤立无援的状态，就像一个海员上了一艘没有帆篷、桅杆，也没有食物，并且处于如此吓人的惊涛骇浪和混乱之中的船舶。"

在等待工程结束期间，阿拉贡不知道自己该干什么，就对南希说他准备把《史纳克行猎记》翻译成法文。"怎样在一种不同的语言里把握住史纳克的精神实质？"南希问他。阿拉贡确信他埋头苦干几天，肯定能够抓住史纳克的精神实质。他开始投入翻译，对木匠干活儿弄出的噪声充耳不闻，对电工在屋里的来来去去全然不管，不到一周就翻译完了。这个成绩让南希大吃一惊，她肯定地对阿拉贡说，要是刘易斯·卡罗尔知道他译出了这部本不可译的作品，只会对他的译本赞不绝口。

在莫里斯·莱维审慎的注视下，南希和阿拉贡开始忘我地给这篇诗歌排版。这两个不尊重传统排版工艺规矩的新手，这么干能干出什么名堂，莱维表示怀疑。

南希决心创出一条新路，宣称她只印自己选定的作品，并且只会在书店这个系统之外销售，也没有任何营利的考虑。

在推出阿拉贡翻译的那篇诗歌之后，乌尔出版公司出版了三部当代诗集：埃兹拉·庞德的《可能是贝奥伍尔夫的音乐作品》，一种实验性的体裁；阿尔瓦罗·格瓦拉的《沉默的圣乔治》，一种全景似的诗歌；还有她的密友艾丽丝·楚里的一部诗集。等这些书一出版，康拉德小姐的朋友就趋之若鹜地跑来找她，有的说他们抽屉里还有些未出版的杰作，有的则求她印行他们的作品给点优惠价。

南希的朋友，作家兼外交家诺尔曼·道格拉斯①为外事机构起草过一份报告，要她印成铅字本，她没法拒绝。作者坚持要用十一磅字排版，而手排小号字颇为棘手。南希的手还不够灵活，无法避免掉漏。报告写的是利帕里岛浮石的开采事宜，南希不但觉得文章平淡乏味，而且觉得简直可憎。道格拉斯私下里半开玩笑半当真地暗示，他把这份报告看作他最成功的作品。他明知南希缺乏经验，可还是把这件棘手活儿交给她排印，未免显露了他的邪恶嗜好与内心的残酷。

在莫里斯·莱维警惕而怀疑的眼睛注视下印刷的八十册样书，让作者感到非常满足，急忙喜颠颠地拿去分赠亲友。想到这篇关于漂浮在伊特鲁里亚海群岛周围的熔岩的枯燥文章给两个排版人带来的折磨，他就暗自得意。在后来的作品里，诺尔曼·道格拉斯不仅嘲弄了这份报告的巨大意义，而且公开嘲笑了他的亲友。不过亲友们在读了《一日》之后，原谅了他的戏谑。那是一篇精彩而博学的文章，记述在雅典漫步一日的感受。

---

① Norman Douglas，1868—1952，英国小说家、散文家，曾出使俄国与意大利。——原注

《一日》这个书名是在采纳了出版者南希的建议之后确定的。这篇文章有些心血来潮的色彩，却也充满了敏锐而渊博的艺术、文学、历史与哲学知识，印了五百册，还未面世就被预订一空。

乌尔出版公司的女经理征服了一些朋友，并让他们感到不安。乔治·莫尔为他所监护的小姑娘初获成功感到高兴，把《多嘴傻子》的一个修订版交给她排印（咳！要排十一磅字！）。

至于弗吉尼亚·伍尔芙与其丈夫，他们总想着南希的一双纤纤素手将沾满印刷油墨，每次冒出这个念头，就觉得不安。

马提厄这种古老的印刷机有过走红的时期吗？《多嘴傻子》印得很差。莫尔没有就这点说过一句话，可是机器显然达不到所要求的压力。铅字把纸面压得凹凹凸凸，就像盲人读物。新近购买的一台密涅瓦印刷机将暂时替换不堪重负的老机器。

阿拉贡在准备离开拉莎拜尔－雷安维尔之际，做了一件不合时宜的事情。他排版并印刷了二十五册《旅行者》。这是一首短诗，被认为是他多产的作品中印数最小的一种[①]。

有一次，他的工作热情与技巧让莫里斯·莱维都感到惊愕。他在一夜之间排印出四幅《史纳克行猎记》的封面设计图；这是一些用黑白线条表示的抽象作品，构图大胆得惊人，印刷师傅钦佩其神奇的排印技艺。

---

① 阿拉贡在上面题词：献给你，心爱的南希。——原注

离开拉莎拜尔－雷安维尔之后，阿拉贡于1928年11月6日在拉古波尔咖啡厅投入了艾尔莎·特里奥莱的怀抱，以消除离开用情不专、见异思迁的南希的愁绪。

"南希的目光像蛇一样，虽然她能够做到亲切体贴、温柔多情、用情专注，但仍是个难处的女人，而且会让人痛苦。""她喜欢男人；她要是想哪个男人，哪个男人就必须当即满足她的欲望；她咄咄逼人；很难想象她的用情不专与突然生出的饥渴给情人造成了多大伤害。"在提到南希时，与超现实主义团体有联系的安德烈·蒂里翁这样写道。

阿拉贡走后，南希在亨利·克劳德那里得到了鼓励与忠告，同时在他身上发现了热情与效率。亨利·克劳德是个黑人音乐家，南亚拉巴马州乐团的钢琴师，也曾在美国钢琴家杰利·罗尔·莫顿的乐队里担任过演奏员，1927年，南希在威尼斯小住了一段时间，亨利·克劳德就在此期间征服了她。让克劳德跟她走并非易事。她得使出千般魅力，拿出不同凡响的说服本领，才能把他从那些音乐界的朋友圈子里拉扯出来，带回自己的村庄，并在此安顿下来，与她一同干活儿。

克劳德于1928年来到方井田庄过圣诞节。他答应替南希工作，承担部分管理工作，同时学习操作马提厄印刷机。

在遥远的莱斯特郡，康拉德女士得知女儿公开与一个爵士乐手而且是黑人同居，恼羞成怒。这桩有辱门楣的私情让她气愤不已，决定永远断绝与女儿的来往。

南希称亨利·克劳德是"迷人的男伴与助手"。当他在办公室和车间里工作时，诺尔曼·道格拉斯就会来提供协助，给他做出版人、会计师，并附带……做一回打包工。道格拉斯与几个珍本爱好者保持联系，那是些忠实的收藏家，他努力将乌尔出版公司一些印数有限的珍本书卖给他们。这些人中间有一个叫亚瑟·赛蒙斯①的人来见南希。他从前在巴黎认识南希，从1915年就与她有一些交往。南希当时是个十九岁的姑娘，而此人的年纪比她将近大三倍，他给她讲述十九世纪末那些艺术界朋友的往事，她听得目瞪口呆。他穿件带披肩的长斗篷、戴顶宽边毡帽，经常领她下馆子，不是去王家咖啡厅，就是上埃菲尔铁塔餐馆，一张口就是他当年在牛津大学如何接待比尔兹利、惠斯勒、兰波与魏尔伦。在写给南希的信里，他答应把一部十分隐私的、法文名为《我的回忆》的手稿交给她。

在1929年夏季，赛蒙斯寄给她三篇散文，其中最动人的是一篇描写魏尔伦模样的文章。他在文章里提到了魏尔伦又高又突的额头、起伏不平的脸庞、亚洲人的眼睛、遮住短下巴的山羊胡子，以及他喝多了苦艾酒后摇摇晃晃地走上圣米歇尔大马路，去出版商瓦尼埃那里谈生意的步态。赛蒙斯描写了这位魅力翩翩的男伴，其放任而忧郁的诗歌掩盖不住"可怜的雷利安"②生活中的痛苦遭遇。更远一点，赛蒙斯回忆了某个时期伦敦切尔西街区的情形。在那个时期，浅薄、放肆、过于自负的奥斯卡·王尔德生活在极端贫困之中，然而他对自己的命运却

① Arthur Symons，1895—1945，英国作家、诗人，文艺批评家，也是阿伦齐奥和凡尔哈伦作品的英译者之一。——原注
② 法国诗人兰波语。他曾与魏尔伦同居，后生隙分手。——原注

无忧无虑。正是那种贫困，使他在巴黎美术街阿尔萨斯小旅馆临终时说："我一文不名，无能为力，贫困而终。"

《多嘴傻子》、《一日》、《我的回忆》都获得成功。这几本书给南希的投资带来了一倍的赢利。

紧张忙碌一年之后，南希给自己一段思考的时间，好好想一想她这行生意的前途，谋划好未来的战略。在这一年，她出版了众多不大为人所知的作者的作品，熟悉了印刷工艺技术，把周围那些预言她很快破产的"老鸹嘴"赶得远远的，尽管技术与管理上都有一些不足，但她还是取得了过得去的成果，可以投资购置一种高效的密涅瓦印刷机了。

不过她也承认，乡村生活虽然惬意，但是对于企业的经营运作却有些障碍。尽管有克劳德的有效帮助，南希还是有些失落消沉。由于地处偏远、交通不便、交流不易、邮件来往费时费力，使得与作家和供货商的来往处处受阻，她觉得痛苦，于是打算把印刷作坊搬到巴黎。

她的朋友乔治·萨杜①建议她租下盖内戈街十二号的房产，那里刚刚被人腾出来。南希急忙赶到那里，签了一份为期九年的租约。1930 年冬季，在萨杜的帮助下，克劳德去拉莎拜尔 - 雷安维尔，把设备器材搬到圣日耳曼草地。乔治·萨杜很快就

---

① Georges Sadoul，1904—1967，法国记者兼作家，1925 年曾参加超现实主义运动，曾著有一部《电影通史》。——原注

变得不可缺少，加入了乌尔出版公司的团队，成了什么都做的人。他揽下了行政管理、打包和发运等活，让南希和亨利专心排版与印刷。在对场地作了一番快速的翻修之后，南希辟出一个橱窗，在里面不仅陈列作坊的产品，还展出一些非洲与新几内亚的雕塑，那是在牧歌似的爱情岁月之初，她与阿拉贡在英国与法国淘的旧货。

印刷师傅莫里斯·莱维离开了南希，没有遗憾，但也没有改变他对这些好批评人的年轻人的看法。这些人的工作方法真是与众不同啊。一个年轻的印刷工替下他，那是个认真而有良心的人，对女老板的混乱安排与工作观念觉得惊讶。

为了让外界了解乌尔出版公司的出版物，南希出了一份印制精美的目录，在其中宣称与著名画家伊夫·坦奎和曼雷合作，即出的新书都由他们设计封面，手工排版，采用古典的加尔松铅字，用堪松或者蒙戈菲埃纸印刷。在计划之外，她还出版了道格拉斯描写她的朋友，美国画家尤金·麦考恩的一篇散文。她特别喜欢尤金给她画的一幅肖像。由南希的情人勒内·克莱韦尔①引介，尤金与巴黎的艺术精英们交往很深。麦考恩在序言里明确指出，他将在莱昂斯·罗森堡画廊举办画展，有六个朋友，如科克托与纪德，答应给他的画作题名。

这些经营与社交活动并没有让南希远离诗歌。爱德华·提图斯主编的杂志《此刻》十二月号宣布，诗人理查德·奥尔丁

① Rene Crevel, 1900—1935, 法国诗人、作家。——原注

顿①设立了一项美国诗歌奖。获奖者将获得两千五百法郎奖金，同时其诗作由提图斯所主编的杂志发表。

奥尔丁顿劝说南希也设立一个奖项。兴许这是发现一个诗坛新人，使人了解乌尔出版公司、推介出版目录上那些出版物的大好机会。南希同意奥尔丁顿的看法，同时提出，参奖诗以"时间"为主题，用英国英语或美国英语撰写，不超过一百行。奖金金额为十英镑。

总计有将近一百首诗寄到了盖内戈街，各种文本都有，质量参差不齐：有蹩脚的诗，有所谓的哲理诗，很多参赛作品离规定的主题甚远。对雄心勃勃的奖金发起人来说，这一次收获太小，参赛者中没有一个著名或得到承认的诗人。他们只好筛选出不太平庸的诗作，再从里面选定获奖者。这简直就是在做不可能做的事情。

事先确定的截稿日到了。南希早上推开店门，瞥见门下有个信封，显然是夜里塞进来的。信封里有一首诗，名叫《观象仪》，署的是一个陌生名字：萨缪尔·贝凯特。

这首诗有九十八行，主要阐述的是笛卡儿的思想，乍一展读，南希和奥尔丁顿心里就生出惊讶与好奇参半的感觉。他们从未听人提过贝凯特这个名字，可是诗篇的学识、意象、鲜明的色彩、含蓄的讽喻，无不让他们感觉，这个神秘人物是个具

---

① Richard Aldington，1892—1962，美国诗人、小说家，属于接近埃兹拉·庞德的意象派圈子。——原注

有深厚文化修养的知识分子，于是他们请他立即到盖内戈街来面晤。

　　刚到下午，南希和奥尔丁顿就看见一个高个儿年轻人走进店里。他大概二十四五岁，身材单薄，面孔消瘦。金黄色的头发下面，一双浅蓝色的眼睛射出坦诚的目光，南希一下子就被迷住了。来人起初表情淡然，可当他觉得两个对话人可以信任之后，就显出一种亲密随和的客气，大家也就不认为他是个冷漠的人了。而当他脸上绽开微笑的时候，那份拘谨顿时烟消云散。从他单瘦的身形，南希觉得他是个地道的爱尔兰人，而且与乔伊斯有几分相似。他们向他连连发问，想打探他是怎么知道有这个诗歌奖的。于是贝凯特讲述说，有个朋友告诉他，有个诗歌竞赛，1930 年 6 月 15 日是截稿日。他决定试试运气，在"饱啖了一顿乳猪与沙拉，还喝了红酒"之后，开始写诗。回卧室后，他又在黎明时分把诗稿修改定稿。然后他步行来到盖内戈街，把装有他的《观象仪》诗稿的信封塞到乌尔出版公司门下。

　　南希·康拉德和理查德·奥尔丁顿在最后一刻选定了他们的桂冠诗人。他们建议贝凯特增加几个注释，以便读者理解几个有可能显得特别隐晦的段落。他们很快就把《观象仪》排印出来，投入销售，五先令一册。封面上扎着一道腰箍，上面印着：本书为乌尔出版公司诗歌大赛获奖作品，并且明确说明，这是作者第一部成书的作品。

随着出版的作品不断增加，盖内戈街的生活也越来越纷繁热闹。同时负责印刷作坊和乌尔出版公司的经营管理，南希觉得太累。工作比她原来想象的更有强制性。在她看来，是抛开无日无之的生意役使，去度假休闲的时候了。

她把盖内戈街的生意交给一对英国夫妇打理。这两人是伦敦阿吉拉出版社的创办人，专做不大有名的作品或绝版书的再版豪华本生意。可惜两人过于严谨的作风把他们引上了破产之路。

两夫妇刚一接手代理职务，南希与亨利就乘坐克劳德那辆蓝色的"子弹头"小汽车赶往西南方向。为了寻找乡村风光与绿色的田野，他们把车一直开到安道尔，然后朝佩里戈走，在苏伊亚克和卡莱纳克之间的克勒斯小村庄停下来。克勒斯让他们着迷。它坐落在多尔多涅河两岸，一座座古色古香的房屋中间，矗立着一座十二世纪的并列着两个半圆形后殿的教堂。他们找到一间待租的农舍，没有自来水，也没有厨房，但一月只要一英镑。他们的到来激起村民们交头接耳。这两个是什么人？那男的，一个黑人，衣装笔挺，气派优雅；那女的，说一口巴黎话，却藏不住英国腔尾巴。一头黄牛拉辆车，运来一架钢琴。牛车的到来，满足了村民们的好奇心。这弹钢琴的小伙子，还有这胳膊下夹着书在田间跑的姑娘，他们只可能是外国艺人。

克勒斯让两人获得灵感，生出旋律与诗意。当两人把行装塞进"子弹头"，准备回巴黎时，依依不舍之情特别强烈；村民们也觉得怅然若失。

回到巴黎，南希对度假期间公司出版的书籍不怎么关注。其实，她内心生出了一个新计划：将黑人历史和文化的各个组成部分收集一起，出一部集子——当时人们就是这样称呼非洲艺术与文化的。一部超过八百页的大书，带五百幅插图，取名为《黑人大典》。听了亨利讲述的黑人在美国遭受的种族歧视与不公正对待，南希就下了决心，要投入这样一个冒险的事业。她对黑人的遭遇感到愤慨，准备投入大量精力与金钱来实现这个计划，并动员了近一百五十人参与其事。这本书既然旨在提供深入而全面的黑人文化知识，也就免不了屡遭变故、饱经周折，直到1934年才面世。南希被磨得精疲力竭，于这一年放弃了盖内戈街，把自家的出版公司关门。她把密涅瓦印刷机和全套铅字卖给了出版商兼排字师傅居伊·莱维·玛诺，而把马提厄印刷机送回拉莎拜尔－雷安维尔的牲口棚，其原因更多是出于情感而不是需要。

1937年，在西班牙内战期间，南希作为《曼彻斯特卫报》的通讯员，支持共和派的事业，又把闲置在拉莎拜尔－雷安维尔的印刷机开动起来。老旧的机器重新效力，参加了反对弗朗哥派的斗争。在智利诗人帕布洛·聂鲁达的帮助下，南希出版了好几部诗歌小册子，送到巴黎和伦敦出售，所得款项被用来支持反弗朗哥派战士。她的一些朋友，如特里斯丹·查拉、拉菲尔·阿尔贝蒂[1]、朗斯顿·休斯[2]和怀斯泰因·休·奥登[3]都参与其事。奥登受战争启示创作的《西班牙》，是那部具有历史意义的机器印刷的最后一部也是第一部美国诗人的作品。

在第二次世界大战期间，南希通过酒吧业主葛厄斯根夫妇，得知了村庄里发生的事情。她习惯在酒吧与一些路过的酒鬼痛饮。她得知她的产业被德军征用，被占领者搞得乱七八糟。更坏的是，德国人开拔后，村民们涌到她家，将里面的财物洗劫一空，装进口袋。她那些小摆设、艺术品、现代大师的油画、珍本书籍、东方地毯，以及她著名的收藏——非洲手镯，统统不见了。在镇子里，冲着她传出了一些最荒诞的谣言，还有一些不怀好意的指控。她提起诉讼，希望她的产业遭受的抢劫能够得到赔偿，可是诉讼请求被驳回。案子拖了下来，接着因为缺乏证据而不了了之。

战争结束后，南希不愿再听到人家谈论诺曼底，于1948年决定把方井田庄卖给一些巴黎人。她搬到拉蒙特－费纳龙附近的多尔多涅安身。在那里，她继续收集书籍、酒瓶、安定片，还有……情郎。

一次在巴黎逗留期间，有天晚上她喝得酩酊大醉，走在街

---

[1] Rafael Alberti, 1902—1999, 西班牙诗人、剧作家，曾为立体派画家。——原注

[2] Longston Hughes, 1902—1967, 美国黑人诗人，哈莱姆文艺复兴文化运动的积极参与者。——原注

[3] Wystan Hugh Auden, 1907—1973, 原籍美国的诗人、剧作家，托马斯·曼的女婿，奥登诗社的创办人。——原注

上摔了一跤，跌断了股骨头。她住进了巴黎的科珊医院。原来的南希风华绝代、魅力逼人，总要弄得接近她的人意乱情迷，而此刻却成了个形容枯槁、未老先衰的女人，与从集中营死里逃生的女人有得一比。一进医院，她就叫嚷着要喝红葡萄酒。医生没有让她喝，而是给她开了一剂镇静药，催她入眠。可她这一睡就再也没有醒来。1965 年 3 月 16 日，她在圣雅克郊区街这家古老医院一间庄严凄冷的病房里溘然长逝。

南希曾与出版商商妥，准备出版她的回忆录，就在她过世的次日，这份出版合同送达她的寓所。

二十六

"喏，我们到了！"在勒阿弗尔港，亨利·米勒一边走下巴黎号邮轮的舷梯，一边大声叫着。1928年4月的一天，他第一次踏上了欧洲的土地。他，一个三十七岁的汉子，身材高挑单薄、头上谢了顶、眼皮起了皱，那模样看上去就像个蒙古牧师。妻子朱莉走在他前面，样子非常美丽，魅力十足，叫人无法抵挡。

"……瞧那走路的样子多么张扬！高傲、华贵、丰腴、自信，连烟气、爵士音乐、红色灯光都要闪避两旁，为她让路！她真是无情婊子的母后，巴比伦妓女的老祖。"①

夫妻两人之间，做决定的总是她，系钱包的绳子拿在她手上。是她卖掉了一部长篇小说《异教徒的世界》，得到一小笔款

---

① 让-克洛德·勒福尔译《南回归线》，橡树出版公司1939年版。——原注

子，凑足了两人到法国小住和到东欧旅游的路费。小说虽是亨利写的，却被她搬到自己名下，买主是她的"仰慕者"之一。对于她与那些男人说不清的可疑关系，亨利虽有些嫉妒，却是无可奈何，只能闭起眼睛。

在载着他们开往巴黎的火车上，亨利·米勒心想："我的梦想终于实现了！"这个布鲁克林的裁缝之子一览无余地看到了干净井然的诺曼底风光。他贪婪地观察着诺曼底的村落、田庄、农人与他们的牲畜。看到一面三色旗，他激动起来："一面漂亮的国旗，轻灵、飘逸、欢快，而且设计是这样简单。"他对看到的一切着迷，被看到的一切感动。到了巴黎附近，列车驶到一条弯道上，他发现了圣心教堂高踞之下的首都全景。他心潮澎湃，忍不住哭泣起来。对他来说，这个建筑风格受到罗马－拜占庭影响的长方形大教堂就代表了蒙马特尔，因为这个神奇的高地让他同时想到了画家、诗人、艺人，如乔治·莫尔、梵·高、乌特里约、卡尔柯，以及他渴望分享其流浪生活的所有"流浪族"。

圣拉萨尔车站让他想到了莫奈。他对那巨大的玻璃天棚着迷。在吓人的叹息声中，火车头喷出的蒸汽朝玻璃棚升起，而在焦急不安的旅客的混乱骚动之中，一些行李搬运工消失在不知被什么鬼东西卷起来的大堆行李下面，一些郊区人朝就要开动的火车狂奔。他待在原地，被搞得晕头转向，为自己不仅身在欧洲、身在法国，而且身在巴黎感到吃惊。

他们乘上一辆出租汽车。巴黎的街巷、林荫道、大马路，一条条在他们迷醉的眼前展开。圣女贞德的金色雕像、杜伊勒里宫的露天咖啡座、方尖碑、协和广场和横跨塞纳河的大桥。"巴黎每座桥都是一首诗"（米勒语）。埃菲尔铁塔、特罗卡德罗宫、卢浮宫、巴黎圣母院次第闪过，最后是波旁宫那十二根柯林斯式的大立柱。接下来出租车驶进圣日耳曼大马路。马路两边的悬铃木绿树成荫，亭亭如盖，出租车就沿着这块古老郊区的豪华建筑下面行驶。"多美的城市！啊，多美的城市！"米勒连声赞道。夫妇俩在波拿巴特街二十四号的巴黎酒店订了房间，房间虽然简朴，但是舒适，贴了印花墙纸，配了巴黎小旅馆都有的用具与设施：床头柜里收着便壶，盥洗池下面放着坐浴盆，还有一面北美油松框边的镜子。

亨利推开一面阳台的窗户看景，听到城里传来的噪声：汽车拥塞成一堆，场面一片混乱，消防车拉着沉闷的警报，在堵塞的车流中左冲右突。从这么高的地方望下去，亨利想起小时玩过的车模。听到圣日耳曼草地地段各家教堂传来的钟声，他激动起来。他说，在那一刻，平生头一次生出一种庄严与安详的感觉。

琼——他作品中的"莫娜"——问他是不是想起了于斯曼的作品《那儿》和描写圣苏尔皮斯的那些文字。"一座小教堂，巴黎最丑陋的。"她说。不过他喜欢圣礼拜堂胜过这里，人家会不会有意见？

在圣日耳曼草地，坐在两叟猴咖啡馆的露天座上，琼把一些他从未听说过的名人指给他看，还装出老巴黎的样子，告诉他这里的作家是怎样产生某种隔阂的，因为他们上街区哪家咖啡馆都各有各的习惯。

一个月之中，琼和亨利把巴黎跑了一圈。亨利在一个记事簿——他的"巴黎手册"上记下了所有他觉得有趣，吸引他、让他陶醉的东西，如街道、咖啡馆、市场、十字街头邀请单纯姑娘排成心形高唱流行曲的乐师。这是雷内·克莱尔导演的电影里的巴黎。

坐在酒吧露天座上吃饭时，两人看着众人那么快乐，感到惊讶。那些人很放得开，笑声朗朗，一边说话一边滑稽地模仿别人，做出种种情状。

两人中只有琼能够结结巴巴地说几句法语。她会说好些流行的辱骂与粗痞话。亨利像个孩子，没有耐心学说这些话，并了解其意思。

琼为亨利的作家才华所折服，肯定地对他说，即使遇到手头拮据的时刻，靠他那支笔，他们也可以走出困境："你只管写作，让人付钱就是了。"可是今日谈论金钱让亨利觉得不舒服："人一到巴黎，就得把忧烦抛去见鬼，好好享受快意人生。"

亨利不知疲倦地从他的阳台观察城市，"这座城市因私生活而嗡鸣，因色彩斑斓而颤动，如三色旗本身一样欢乐"。这是德彪西的琴声里的巴黎。

刚一安顿下来，他们就去圣日耳曼大路喝一杯。当琼把亨利带到蒙帕纳斯，把她与海明威夫妇、柯克西卡[1]、匈牙利画家蒂汉依[2]和别的一些人物见面的地方指给他看。亨利十分激动，那是一些花不了几个子儿就可以饱餐的餐馆，一些可以看见毕加索或杜尚以及一些要避开的同胞的场所。

亨利听着琼扯起这番闲话，觉得有人在观察他们。琼的化妆是不是浓了点？衣服太打眼了吧？人家注意到他们是外国人了吗？他是多么不愿意被人看作美国人啊。琼笑吟吟地劝他："可怜的亨利，你这个美国人做定了，一辈子都别想改！再说，你也知道，法国人是喜欢美国人的。"她点了两杯"保乐"酒："你已经管这叫什么了？"如果是他一个人，他更愿意要杯白酒。

琼拖他到小圣贝诺阿街的小圣贝诺阿餐馆吃晚饭。在圣日耳曼草地一带把钱花光了的人中间，这家餐馆很有名，不过也有一些外国人喜欢这类装修几十年不变的小酒馆的热闹气氛，不厌恶大家肩挨肩挤在一起吃饭。比如纪德就对此着迷。夏天，这家餐馆的露天摊子一座难求，桌椅一直摆到马路上，大家其乐融融，挤在一起吃午饭或者晚饭，好像在学校食堂。

吃过饭，琼与亨利信步在街区走走。这是巴黎人还没有风靡去乡下度过神圣周末的年代。圣日耳曼草地当时是个真正的村庄，只不过常有艺术家走动而已。他们就遇见圣埃克苏佩里、卡尔柯、毕加索和萨尔蒙、莱翁-保尔·法尔格，模样古怪或者怪诞，显眼地坐在一家露天咖啡座上，就着一杯滚烫的维希

---

[1] Kokoschka, 1886—1980, 奥地利画家。——译注

[2] Lajos Tihanyi, 1885—1938, 流亡巴黎的匈牙利画家，受塞尚与马蒂斯影响较深。——原注

矿泉水，慢慢品尝手上的小牛肉三明治。而"汽车在圣日耳曼大路上缓缓驶过。这些温和的大象在殷勤的巴黎漫步，喜欢以最小半径转弯……"

二十七

　　琼上次来巴黎，认识了一个朋友，名叫查德金纳，是个雕塑家。这一天，两口子去查德金纳家造访。雕塑家住在亚萨街附一百号一幢好看的房子里。人们管那条街叫"亚萨游乐场"。临街是一幢幢房屋，它们那毫无特色的正面遮蔽了一个乡村风味的小角落。雕塑家的房子就坐落在那个角落的凹地上，带着一个保留了乡野风光的花园。只要天气许可，雕塑家就喜欢在花园里工作，所以园子里散放着一尊尊高大塑像。那些石头或木头雕像那样高、那么大，使得旁边的雕塑家看上去就像个小矮人。他绕着雕像兜着圈子，一边滔滔不绝地发表评论。他的权威、激情、浑身焕发的活力使作家着迷。作家？是啊，琼正是这样向查德金纳介绍亨利的。

　　拜访结束，差不多就到了吃午饭的时刻，雕塑家提出请他们到蒙帕纳斯一家小酒馆吃饭。在进餐之前，他们在塞莱克特酒馆的露天座上喝上一杯。亨利点了杯"保乐"。查德金纳不同意，说："让我来叫点更有意思的东西。大家都喝'保乐'，未免太一般化了。"说完，他强行叫了三杯圣拉斐尔。

在酒桌上大家聊起了美国，查德金纳说，这个奇怪的国家开始使欧洲人厌烦了，米勒觉得自己有点累了，打不起精神来反驳雕塑家的奇特观点。他只是微笑着，抿酒提着胃口。

查德金纳一个劲地建议亨利去见见加尔德。亨利问，加尔德是什么人。见丈夫这样无知，琼觉得有些难堪，就教训他说："你认识他，你见过他的汽车。"查德金纳继续说，你也应该见见海明威、斯坦贝克、多斯·帕索斯……可对亨利来说，这都只是些人名。此时此刻，亨利相信雕塑家心里一定把他完全看扁了。

查德金纳有些名气，所以有些人认出他来，过来缠他跟他打招呼，他一边握着他们的手，一边作着这样的评论："这是个讨厌的家伙！"或者，一边指手画脚地呵斥碰撞了他的小圆桌的堂倌酒客。除此之外，他还算是个快活的人，很有趣。

有家小餐馆，查德金纳说在里面用餐安全，保证不会受打扰，可是进去之后，他却大失其态，对着老板和服务生吆五喝六，斥这骂那，把个米勒看得目瞪口呆。

吃过饭，在回旅馆的路卜，琼对亨利说："他很了不起，是个大雕塑家，与罗丹一样棒。"在路上，琼提起她1927年与同性恋女友让·克隆斯基一同在巴黎小住的往事，她那时疯狂地爱恋那个女人：风笛舞会，跳蚤市场，还有公主旅馆，她一个铜子也没有，竟在那家旅馆住了好些日子。她的话，亨利是一只耳朵进一只耳朵出，因为他顺着自己的思路，在想与查德金纳的这场见面。与他交谈的第一个欧洲人，一个古怪独特的家伙，竟是个著名的雕塑家。他问自己：如果与自己面谈的是布尔代尔①或罗丹，感觉是否也是这样？

目前，他只希望会见杜尚，与安德烈·纪德谈一谈，看见玛克斯·厄内斯特（Max Ernst），可惜他很迟才生出见见阿波里奈尔或莫迪格利亚尼的希望。想在新雅典派艺术家经常聚会的古老咖啡馆与塞尚、乔治·莫尔、左拉、兰波或魏尔伦等人见面的愿望也来得太迟：皮加尔广场上的历史性场所"死老鼠咖啡馆"②已经不复存在。不过亨利打算有机会去那些纪念场所闻闻当年的空气。

这个风和日丽的春日，两只猴咖啡馆的露天座已经侵占了圣日耳曼大路的人行道。琼和亨利一边啜着"保乐"，一边观察着来来往往闲逛的路人。忽然，琼看见一个男人，便猛地站起来，迎着他跑去。她与他拥抱，然后拉着他朝咖啡座走过来。她对亨利说："我给你介绍米松兹③，他是巴黎最穷的画家。"

格雷古阿·米松兹在桌边坐下来，祝贺琼新婚大喜。他的

① Bourdelle，1861—1929，法国著名雕塑家、素描画家。——译注
② 巴黎皮加尔广场上的咖啡馆，开办于1870年，因设在一幢第二帝国风格的老房子里而引人注意。马奈、德加和印象派画家经常出入。而爱弥尔·左拉、达尼埃尔·阿雷维与阿尔丰斯·阿莱斯等作家也是常客。不知何因得名"死老鼠"。——原注
③ Gregoire Michonze，1902—1982，法国画家。——原注

英语十分纯正，米勒很是吃惊。米松兹的祖籍是贝莎拉比，1920年该地并入罗马尼亚，所以他能说六七种语言，其中有一种就是英语。他说，巴黎的美国人非常慷慨，他就是靠他们的接济才把日子过下来的；要和他们交流，英语少不了。他把他们带到沃吉拉尔街，进了他所谓的画室。那其实只是一幢破旧楼房顶层的走廊尽头，巴掌大的地方，摆了一张行军床、一张桌子和一把椅子之后，就几乎摆不下画家的画架了。天花板上吊着一盏电灯，借着昏黄的光亮，亨利打量着米松兹的油画：那些作品色彩凝重哑闷，流露出二十年代中欧移民画家那份浓浓的忧郁与乡愁。就在亨利观看那些画作之时，米松兹匆匆给琼画起了肖像。不到一个钟头，琼的相貌特征就跃然纸上。琼很喜欢，决定买下这幅画，就从包里抽出一张五十美元的钞票，递给画家。米勒觉得琼不知轻重，拿这么小的数额来买画，心里有些不是滋味，可是米松兹却似乎很开心，绅士气十足地要请他们吃饭。琼和亨利显然不会接受邀请，不过对于米松兹要送一幅画作为礼物的美意，他们却欢欢喜喜地接受了。

米松兹从床下蒙灰的藏画处抽出一幅幅油画，让米勒夫妇挑选。由于他们没有拿定主意要哪幅，他就建议他们下次再来，说过些日子，琼的这幅肖像也干了。

米松兹把他们拖到塞纳河街一间寒碜的小餐馆里。那种档次的餐馆，数大学生去得多。尽管外面噪声震耳，米松兹还是扯起了他那些画家老友，如匈牙利画家拉约·蒂汉依和德国画家汉斯·雷采尔①。他们和他一样，也是离乡背井、穷愁潦倒。他说，拉约·蒂汉依耳朵聋了，只听见自己的声音，说起话来叽里呱啦像猴语，不知所云。汉斯·雷采尔是个充满幻想和激情的画家，对保尔·克利的画、里尔克的诗及斯特拉文斯基、勋伯格（Schomberg）和贝拉·巴尔托克（Bela Bartok）的音乐着迷。

雷采尔新近来到巴黎，住在小丘脚下的露台旅馆，就在蒙马特尔公墓上方。他不离房间一步，几乎只画他的水彩画，在画里表现他的生活与梦想。

米勒钦佩雷采尔，成了他最好的朋友之一。琼1927年来巴黎旅游时，与这些艺术家都有过接触。那时她把亨利扔在纽约，与让·克隆斯基来巴黎体验萨福式的爱情②。

① Hans Reichel, 1892—1958, 德国画家, 从 1928 年起至死都住在巴黎。——原注
② 指女子同性恋。——译注

二十八

在首都盘桓两周，把各处名胜参观游览一遍之后，亨利计划再到法国南部游一圈。他觉得骑自行车实施这个计划既有趣又省钱，就在大军林荫道一家大商店里买了两辆车。琼还没有骑过这种玩意儿，亨利就在维斯孔蒂街尽力教她掌握这门依靠两只轮子前行的技术。那条街上车流量不大，正是学骑自行车的好场所。年轻女人没有多少天赋，亨利的耐心很快就到了极致。于是旅馆看门人主动过来帮忙，那人果然是个行家里手，学了几次以后，琼终于能够上路了，两人便准备动身开始这次自行车远游。

为避开巴黎的交通拥堵，亨利认为从枫丹白露出发更为稳妥。他们坐火车来到出发点。现在，他们上路了，一路经过桑斯、儒阿尼、奥克塞尔、威泽莱、里昂、维延纳、奥伦治、亚威农、尼姆、阿尔勒、马赛，最后是尼斯。在那里，琼告诉亨利，他们的盘缠花得精光，一个子儿也没有了。

米勒写信告诉一个通信人："我们有三周左右仅靠英国人步行街上一个擦皮鞋的美国黑人慷慨接济才活了下来。"

两人找美国驻尼斯领事救急，可是他迟迟不肯露面。多次央求之后，他才同意给琼弄一张去巴黎的火车票，琼在那里弄了点钱寄给亨利，让他还了领事的车票钱，并且搭乘火车回首都。

在露天咖啡座消磨时间、在热闹的小饭店吃饭，去博物馆、教堂、画廊和书店参观，就这样过了些日子之后，亨利寻思自己对巴黎已经了如指掌了，实施周游欧洲计划的时刻到了。

他们用了半年时间游历中欧，跑了那里的大部分国家：德国、奥地利、匈牙利、捷克斯洛伐克、罗马尼亚。琼这个家族的祖籍就在罗马尼亚。云游归来，人们又看见他们出现在塞莱克特酒馆、圆顶咖啡屋、两叟猴酒店和克利希广场的威普乐酒家。他们在威普乐酒家与朋友雷采尔重逢。

1929 年 1 月，他们回到纽约。

当他们在布鲁克林的冰雪中冷得直哆嗦的时候，华尔街的股票暴跌引发了一连串的破产。在这种不太有利的时候，不知琼用什么办法，从一些神秘的关系户那里弄到了一些钱。亨利疯狂地爱她，事事由她支配，所写的东西都由她签名，别人的来信也都由她回复。他就像一只真正的玩偶，由她一手操控。

是他终于实现她的预言，显露出一个作家的才华，还是她觉得他有点碍事？反正琼决定把他送回巴黎，说那是唯一能够让他充分施展作家才华的地方。

亨利先是得知前妻贝阿特里丝再嫁了人，接着又得悉琼从前的同性恋女友让·克隆斯基自杀的消息，觉得释下了一段沉重的过往，心情轻松了不少。他比任何时候都觉得需要完全彻底的解放，并且越来越忍受不了加在他身上的种种束缚。目前，他还没有能力写出什么证明焦虑的东西。

1930 年 3 月 3 日，星期一，米勒从伦敦来，兜里揣着从老伙伴艾米尔·施纳洛克①那里借来的十美元，在巴黎北站下了车，住进波拿巴特街三十六号圣日耳曼草地旅馆。房间在阁楼上，一个月只要五法郎。

星期日，他在圣米歇尔桥对面的出发咖啡馆喝牛奶咖啡、吃羊角酥，听着吧台上那些酒客打趣逗乐。他的心情很好，也就不愿去想即将到来的手头拮据的困窘。他沿着塞纳河朝巴黎圣母院走，看那些垂竿者钓鱼，又走过大主教桥，把塞纳河的水色与布鲁克林桥下的水色做对比。街上车水马龙，行人熙熙攘攘，店家在布置橱窗，陈列货架，这些都让他入迷。举目所及，见到的人与物都让他羡慕：屠夫的肉案，时鲜店堆成山一样的果蔬，还有推着车子，招呼家庭主妇买菜的菜贩。

他在圣安托瓦内郊区兜了一圈之后，信步来到巴士底广场，要了四分之一升贝内蒂克提纳酒，一边呷，一边想着带哪些作品在路上阅读。他喜欢的法国作家有兰波、波德莱尔、司汤达、莫泊桑……他在心底对自己说，一个外国作家，初来乍到法国，

---

① Emil Schnellock, 1891—1958, 米勒的童年伙伴，长期通信的朋友。——原注

作为第一要务，首先要读法文的拉伯雷。

在天主打盹的时候，巴黎似乎睡着了。下午，店铺纷纷拉下了铁皮卷闸门。回到蒙帕纳斯，他在丁香园露天咖啡座找了个地方坐下。来巴黎头个礼拜天的滋味，他已经尝到了。接下来，他由蒙帕纳斯大街往上走，进入快乐大街，想去美食家餐馆吃六角钱一客的洋葱汤。他在餐馆菜单背面记下了让他惊奇或者开心的所有事情。

在巴黎，他觉得自己既不是游客，也不是移民，更不是冒险家，而是一个自由人。自由！他到处书写这个名词，无论是在信里还是文章里，这个词不断地在他的笔下出现，一如在暗无天日的德军占领期间的艾吕雅。

在发表于一家法国期刊[①]的文章里，他明确指出："寻求快乐与自由这个概念紧密相连：无论在何处，我们只要见到前者，大概就能见到后者。当然，世上并无绝对的自由，有的只是经常的快乐或者幸福，但相对而言，能够寻找并在最高程度上找到这种幸运结合的地方，世上只有法国。"

他大力培养自己的独立性，有一天在给朋友弗拉恩凯尔[②]的信里写道："我可以像换衬衣一样随意改变思想、改交朋友、改换国籍。"

他可以加上一句，他就像换桌布、床单一样经常变换住所。1930 年春，他住在巴黎十四区旺弗街六十号阿尔巴旅馆，但是

① 《法国旅游》1956 年第 21 期。——原注
② Fraenkel,？—1958，原籍俄罗斯的美国人，十字路口出版公司的创办人。——原注

没住多久。当米勒无力支付房租的时候，旺弗电影院的放映员给他提供了避难所。那是一间办公室，他可以在那里住几夜。12月，他住在一个叫理查德·奥斯博纳①的朋友出借的画室里。地址在巴黎十五区奥古斯特－巴托尔米街二号一幢大厦的八楼。离那里两步远，在圣莱翁教堂对面，就是杜普莱克斯军营，驻有一团骑兵。街区的模样像是外省，没有多大意思，不过他住的房子视野开阔，看得见埃菲尔铁塔和军事学校。他在这里完成了《克拉希·柯克》。

奥斯博纳知道米勒身无分文，每天早上上班之前，总要悄悄地放几个钱在桌子上。米勒曾对人说心里话，要没有奥斯博纳的接济，他也许早就饿死了。

他对琼该给他寄的美元，对那些由阿尔弗雷德·佩尔莱署名的文章心存厚望。他只是报纸的一名合作人，不可能要求署自己的名字。为了活下去，他只好求人请饭。

阿尔弗雷德·佩尔莱②写道："以每日两顿计，一周他只要十四位请饭的朋友就够了（……）他们都非常乐意招待他。亨利是个高贵的客人；他只用他的交谈来付那份饭钱。"

阿尔弗雷德·佩尔莱让人把他招进《芝加哥先驱论坛报》巴黎版当校对。他立即前往就职，因为他更愿意提高自己的法语水平，早日阅读安德烈·布勒东和拉伯雷的原作。

---

① Richard Galen Osborne，巴黎花旗银行的法律顾问。——原注

② Alfred Perles，1897—1990，巴黎路透社通讯员，著有《我的朋友亨利·米勒》。——原注

4 月，弗拉恩凯尔让他来瑟拉别墅居住。那座房子像是一截死胡同，嵌在伊索阿尔坟墓街中间。弗拉恩凯尔是个短命的画家，三十二岁就死了。这截路也像他的生命一样短。不过它使《星期日下午在大杰特岛》作者的记忆传之久远。那幅杰作完成于 1886 年，曾在芝加哥美术馆展出。

瑟拉别墅画室自 1926 年开办以来，接待过众多的著名艺术家，他们是：安德烈·德兰、萨尔瓦多·达利、马赛尔·克罗麦尔、让·吕尔莎、爱德华·乔治、萨义姆·苏蒂纳和雕塑家沙拉·奥尔洛夫……

弗拉恩凯尔住在十八号一家小公馆。这个苦恼的神经衰弱患者是个饶舌鬼，说起话来滔滔不绝，相当烦人，因此经常被亨利与其朋友佩莱斯训斥与打击。出于一成不变的想法，他经常给亨利写一些烦人的长信，却并不指望得到回复。不过亨利还是愿意听他长时间的唠叨，希望这位仁兄说完之后会发出邀请，请他到哪家小酒馆吃一顿，再让他到《芝加哥先驱论坛报》上班。

弗拉恩凯尔喜欢把亨利拖进一些文学辩论，开始总是周而复始地来一段关于死亡的对话；这些对话保存在一部取名为《哈姆莱特》的书信集里。

他们喜欢谈论各自读过的书。在这方面他们的见解相同，都表示一本书应该让读者兴奋、激动甚至疯狂，否则，就不配得到尊重。

弗拉恩凯尔评论亨利最初的作品，提请这个朋友注意，说他在阅读《克拉希·柯克》时，觉得有几段写得像闪电一样光彩夺目，其他段落则平淡无味。于是他给米勒朋友提出这个忠告："像你说话一样写。"亨利决定按他说的做。写他想到、看到的事情，至于人家怎么批评，且抛开不管："明日开始我写巴黎的书：作为头一个这么写的，不管批评审查，不管什么形式，他妈的什么都不管。"

亨利读了不少法国作家的作品，在乔治·杜阿梅尔①的《萨拉万的生平与冒险》里，他发现主人公，一个优柔寡断然而明白事理的男人与自己十分相似，就像是同胞兄弟：同样的年纪、同样的失望、同样的创业困难，不过他们都保持并掌握了未开发资源的自信。萨拉万追求一种圣洁，而亨利则在 1931 年发表于《新评论》上的短篇处女作《克劳德小姐》中声称，他来巴黎就是为了过一种圣人的纯粹生活。

他在瑟拉别墅安身，只有一个目的，就是写作。他记起了儿时的一个祈愿。那时在布鲁克林的狭小居所里，他祈求上帝保佑，让他成为作家。在弗拉恩凯尔家借住的那个房间里，他决定把打字机放在一面镜子前，就像一个画家把画架支在镜前，好给自己画像一样。的确，在他准备撰写的作品里，他要述说的内容，有很多正关系到他本人。

他开始工作了，一旦进入写作状态就如痴似狂，烟一支接着一支，老旧的打字机劈里啪啦响个不停，一上午要打十到十五页。他是这样评论自己这部长篇的："这不是一本书。这是一篇檄文，一篇谤文，一通骂人的话。"

---

① Georges Duhamel, 1884—1966, 法国著名作家。——译注

他那高大的身躯在椅子上一钉就是很久，然后，脑子想累了，手也打乏了，就停下来，爬到床上躺一躺，松松腰酸背痛的筋骨，接着又动身到街上走走。比起世界上任何别的地方，巴黎这座城市更让他有在家的感觉。佩尔莱记述说，米勒一想到要回美国，就做噩梦。他了解巴黎就像了解自己的口袋，他对巴黎各街区的亲近熟悉堪称神奇，从蒙帕纳斯到莫弗，从鹌鹑岗到巴蒂约勒，从布洛涅森林到蒙马特尔，从圣德尼和圣马丁郊区到国民广场，没有他没去过的地方。他既在香榭丽舍的豪华酒吧饮酒，也在快活街的寒碜小店吃饭，那些下层百姓来到快活街的波比诺酒馆，为弗雷埃尔、达米亚、热奥吉乌斯或者利斯·戈蒂的演唱鼓掌。他循着一些又脏又破、臭虫跳蚤蟑螂成群的旅馆的鼓声，走进巴黎下层社会的贫民区，为那里的异国情调而惊奇；他在公共小便池解手，喜欢听"水在瓷砖上流淌发出的细柔乐声"（摄影家布拉萨依语），喜欢听小馆子里飘出来的手风琴声；他在野外的风笛舞会上起舞，也曾将胳膊肘撑在一个木柴煤炭铺的柜台上呷"保乐"。

他也喜欢去造访玛图娜。她是艾德华－纪纳大马路三十一号"狮身人面像"的老鸨。这是蒙帕纳斯一家生意兴旺的妓院，右岸有两家竞争对手：一家是普罗旺斯街的"一二－二"妓院，另一家是离巴黎歌剧院不远的历史悠久的"莎巴来"。

妓院是一座四层楼的现代建筑，是在一个打造大理石墓碑的场址上建造起来的，没开窗洞的正墙上装饰着一个狮身人面像标记。

在设有舞池的酒吧里，有人在和一些漂亮的舞女跳舞。她们都是从巴黎游乐园和牧羊女娱乐场最美丽的姑娘中挑选出来的。这是一种惊人的创新，人们并不强迫她们卖身，她们中有些人从不"卖身"，更愿意满足于从消费额中提取的几个折扣。

在许多艺术家、作家和记者看来，这更像是一种俱乐部：阿尔贝·伦敦、安德烈·萨尔蒙、乔治·西默农把这里当成了他们写作室的附属机构。作为嫖一次的交换，米勒为这家妓院写了一份广告传单。不过，由于弗拉恩凯尔突然决定让他搬离瑟拉别墅，米勒只好流落街头。"街道是我的避难所。"

作为没有工作、身无分文、"在巴黎街头踯躅的"穷人，米勒常常沦落到在丁香园前面的长椅上过夜的地步。佩尔莱间或让他在美茵街附一号的中央旅社住上一宿。至于吃饭问题，人们看见他积极地利用他诙谐的谈吐，在比他富有的朋友家餐桌上占据一席。布拉萨依说，他"抑扬顿挫的朗笑"使他的言语增色不少。

为了活下去，他付出了太多的努力，不免有些灰心失望，便打算动身回纽约。这种流浪汉的日子过厌了。他是多么希望在巴黎住下来啊，但他绝不愿意像个无业游民在巴黎混。

他写信给朋友艾米尔，说他拥有能够写作十来本书的素材。当务之急，是将它们写出来。

如果在纽约，他就能够写一本有关巴黎的书。

一个偶然的机会，他路遇仙女，于是计划完全推翻，悲惨的境遇得以改变，从此过上了一种热烈的比较舒适的生活。巴黎花旗银行的法律顾问理查德·奥斯博纳曾经帮助过米勒，让他在奥古斯特－巴尔托尔蒂街的画室住过一段时间，现在他准备再次施以援手，把米勒从潦倒与绝望的境地里拉出来。

二十九

　　奥斯博纳与阿娜依丝·宁的银行家丈夫休·圭勒有生意来往。阿娜依丝·宁的父亲约阿群·宁·伊·卡斯泰拉诺①是个作曲家，青少年时期在西班牙，后移居古巴，母亲是个有法国与丹麦血统的舞女。阿娜依丝·宁本人是个作家，她勇敢地针对"公众舆论"，打算发表一篇论文，为 D. H. 劳伦斯说几句公道话。尽管这位英国作家新近去世了，可是中伤他的人依然对他充满敌意。劳伦斯在作品中给予性以重要地位，这在那些人看来就是一个不可原谅的耻辱。

　　阿娜依丝与众多作家友情甚笃。作为信奉世界主义的女文化人，她从十七岁开始写日记。她的日记是一种自我分析，她

---

① Joaquin Nin Y Castellano，1879—1949，原籍西班牙的古巴作曲家与乐师，曾在哈瓦那乐坛享有盛誉。——原注

在其中努力促使自己形成一种女性特有的世界观。

阿娜依丝的青少年时期是在美国度过的。在父亲抛弃家庭，来法国安身之后，她嫁给了银行家休·圭勒。

在阿娜依丝美丽的卢韦西延那公馆举行的午餐会上，当奥斯博纳介绍米勒与她认识时，她芳龄二十八岁。

她这个美丽、高雅、优秀的家庭主妇，一下子就迷住了亨利。精致的肴馔、醇香的美酒，使亨利的那张脸上写满了快乐：身在此间，在这座富贵的房子里与女主人交谈，他感到分外幸福。女主人那轻微的异国口音，更使她别具魅力。亨利不停地谈论文学、提到他妻子要重返巴黎过圣诞节。虽然他被这位妻子欺骗，却免不了以空想者的迟钝，钦佩妻子干的奇事、生的奇想。

"你们都知道，莫娜（琼）不是个撒谎的女人。她总在发明，总在改革，总在制造……因为这样做更为有趣。"斯塔齐亚（让·克隆斯基）在《关系》[①]一文中说。

阿娜依丝对米勒来了兴趣，要他把所写的东西都拿给她看看。于是米勒立即把《巴黎之书》给她寄去。他更愿意称这部书为"最近的作品"，免得承认这是他的处女作。另外两部作品，《莫洛奇》和《克拉希·柯克》，他提都没提，因为一直未找到出版人。年近四十，他扪心自问：七年来，他奋笔写作，却没有让"他的书"，一部他预感到具有革新意义的作品面世。

---

① 《玫瑰做的蒙难十字架》的第三部分。——原注

他试着安慰自己，心想乔伊斯出版《尤利西斯》的时候，也到了他这把年纪；另外，他写给朋友们的书信，怕也算得上这流浪生涯的重要作品。

琼在圣日耳曼草地的公主旅馆住宿。她有一点儿钱，在蒙帕纳斯闲逛。在这里，她不会不招人注意。她美艳的姿色、款款的步态、高雅的气派，都让人回头观望。可惜她那身怪异的服装却不合时宜。过去她在巴黎露天咖啡座闲坐时，觉得这里四季温和，温度适宜，可是这个寒冬，她裹件绸袍子，身子却冷得直哆嗦。

应阿娜依丝的要求，亨利带琼到卢韦西延那来看她。阿娜依丝被琼的美丽吸引，倾听她那些杂乱无章的絮叨，才发现这个喋喋不休的女人施展的魅人魔法，只可能是亨利在精神高度紧张时的想象。琼并不是作家琼·曼斯菲尔德，她只是个被人超越的美人。

琼决定动身回纽约，可是没有钱。阿娜依丝及时伸出援助之手，帮她买了横渡大西洋的船票。到了那边，琼将恢复以往那种动荡不定，要靠好得惊人的幻想来欺骗自己的生活。亨利不相信这点，答应很快就回去与她做伴。可是亨利的话她一句也不相信；巴黎已经将他们永远拆散了。

在圆顶咖啡屋约会之后，阿娜依丝与亨利·米勒再度见面，一起阅读各人的近作。亨利身体孱弱，等着将把卢韦西延那的美丽女主人载来的出租汽车。

卢韦西延那的那次午餐，她的谈吐吸引他凝神倾听，然而她清澈的目光、优雅的手势、曼妙的身材和美妙的笑声更抓他的心，更使他入迷。亨利指出，在他看来，这个少妇代表了最最完美的女性。美丽、聪慧、喜爱文学，他从未想象过有朝一日竟能遇到他理想的女人。他与她都爱好写作，只不过方式各不相同：亨利每天潦草而凌乱地记些札记，为的是写出"他的书"；阿娜依丝则把每天的经历悄悄地写在日记里。

她现在就在圆顶咖啡屋的露天座，就在自己身边。亨利想告诉她，他曾斗胆给她写了封情书，可是一冒出这个念头，他就浑身发抖。等他好不容易暗示这点，阿娜依丝却马上闪避开了，说眼睁睁地看着他们刚刚缔结的友谊中断，她十分失望。大概她暗中预感到他们的友谊没有好结果。

其实她这种受惊女人的反应只是借口。过了几天，他们又在一起吃午餐，她把法文版的《失踪的阿尔贝蒂娜》拿给他，在普鲁斯特的这本书中夹了一张到卢韦西延那的火车票。

通过百般的殷勤体贴，千倍的珍重宠爱，阿娜依丝慢慢地支配了亨利的生活。尽管奉行神圣不可侵犯的自由原则，亨利却沉醉于阿娜依丝的慷慨招待，听任这初萌的爱情潜滋暗长。

她认为亨利并不是被她的肉体吸引，在两人的关系中唯一起重要作用的，就是他们的梦想催化剂：对生活的热爱、好奇心、热情、活力。

亨利向自己提出一些尖锐的问题：阿娜依丝是能够完全真诚相处的女人吗？是因为爱你就妨碍你自由的女人吗？是能够资助艺术家完成作品的女人吗？

他们头次约会那天晚上，阿娜依丝给他写信，说她永远也不会委身于他。用不着别的东西，光是这句话就让他的欲望更加强烈。"我们只是保持通信关系。"她进一步明确地对他说。可是这样一种关系是压不住亨利如此强烈的情欲的。他渴望看见她穿着那件粉红色连衣裙跳舞。那天带琼去认识她，吃晚饭时，她穿的就是那条裙子。

1932年3月4日，他在瓦云街的维京人酒家等她。如果他的房间不是那么寒碜，他一定会把她带到中央旅馆，让她看看他的水彩画，他是多么想拥抱她呀。可是他们没去旅馆，那天晚上不可能去，因为她得赶回卢韦西延那。在闲聊时，他对她说，他已经决定随缘听命，言下之意就是把他这一辈子交给她来安排。

两人约好下周一，也就是三天后再见。可是亨利焦急难耐，写信诉说他的相思之苦，毫不掩饰地表露了占有她的欲望。信写好了，可是他却踌躇再三，不敢寄发，生怕被她丈夫拆阅。他决定亲手面交。

三天不见，亨利饥渴难熬。他仍在《芝加哥先驱论坛报》上夜班，星期日时间很多，便用来撰写已经写了不少的小说。在那间没有暖气的房间里，他像因纽特人一样包裹得严严实实，一天要打十来页。

到了傍晚，亨利实在熬不住了，便动了一个念头，想去邀请她与丈夫来巴黎吃晚饭，以为这样便可以见到她了。他飞也似的赶到圣拉萨尔火车站，跳上第一列出发的火车，在卢韦西延那车站下车后，一直跑到位于蒙比松街的圭勒公馆，按响了门铃，可却听不到有人回应。他看见院子里没有汽车，感到不安，再次使劲按铃，并且久久不松，可仍然无人回应。阿娜依丝与丈夫出门了。这个意外情况他可没有料到。刚才他需要与她见面、说话、交换一个串通的目光，那种需要有多么迫切，此时的沮丧就有多么强烈。未能把夹在腋下的手稿交给她，他也同样感到失望。无奈之下，他只好走回车站。夕阳西下，天地间一片静寂。这是3月间的一个晴日，已经有些春意了。月台空寂无人，似乎改变了用途："周日晚上，郊区的火车站是多么冷清啊！"

1932年3月，在克利希的阿纳托尔－法朗士街四号三楼，亨利与佩莱斯合租了一套两间的公寓房。阿娜依丝觉得那个地方很冷清，而且离蒙帕纳斯太远了。可是对这两个朋友来说，有个供应热水的浴室，有间厨房，尽管小得很，也非常舒适了。

在克利希的日子过得很快活。当丈夫去国外旅行的时候，阿娜依丝就在这里住几天。在那间狭小的厨房里，那几天就是节日，他们开怀畅饮有名的安儒葡萄酒。而在亨利的房间，阿娜依丝的丝绸睡衣和梳妆用品放在床上，标志着一个漫长爱情之夜的开始。

他们几乎每天都要见面拥抱，不仅在克利希，而且在亨利的报社附近。那里并不缺少小旅馆：在拉马丁街和洛莱特圣母院周围，就有许多供老主顾度过春宵一刻的钟点房。

阿娜依丝与丈夫赴蒂罗尔旅行。在她外出期间，亨利完成了他的小说。作为"世界末日之前的战斗呐喊"，它粗砺而直截了当地表现了"被书籍遗漏的所有东西"。

至于给作品取名，在再三踌躇之后，他选定了《北回归线》。这么做，倒不是为了突出中国这个体系的象征意义，而主要是为了突出北半球黄道带星座的象征意义。螃蟹①这种靠五对爪子朝各个方向移动的节肢动物，难道不是他这部以无赖骗子为题材，记录他在巴黎"游荡漂泊经历"的史诗的寓意所在？另外，在他看来，癌是宇宙间罹患的病症。

著名文学代理人威廉·布拉德勒读了手稿，对米勒说，这样一部书稿，只有一个出版商敢于出版。这就是杰克·卡哈纳。他让人把手稿送到这位有魄力的出版商手上，不过出于谨慎，在推荐之外加了一句："谨致以谨慎而且并无约束的祝福。"

卡哈纳于1932年末与马赛尔·塞尔旺联合。他是一个卓越的印刷商，一个杰出的美食家。卡哈纳给自己的出版公司取名为"方尖碑"，意在使它与塞尔旺的旺多姆印刷公司有所区别②。他们出版的主要是一些有性描写的长篇小说，使人感觉他们公司的名字并不是随意取的，而是因为协和广场的方尖碑和旺多姆圆柱具有男性生殖器的象征意义。

在十来年时间里，杰克·卡哈纳在巴黎出版的，全是英美两国任何出版商都不愿冒险出版的作品。海关拿到一部作品，会鼓起眼睛查找有色情淫秽文字的篇页。有问题的书籍会被立即没收或销毁。命令本就毫不留情，书报审查官执行起来更是

---

① 法文 Tropique du Cancer 意为北回归线，Cancer 大写指巨蟹星座，小写则指癌。——译注
② 方尖碑与旺多姆圆柱都是巴黎的名胜。——译注

一丝不苟。可是卡哈纳对这些约束非常适应，因为在海峡这边，这类作品从来就不是被排斥的对象。他只要恢复被人羞辱的书名，再把作品交给他的合伙人印刷，然后将它们发往巴黎的几家书店销售就行了。

卡哈纳指望出版巴黎流亡作家的作品来扩大他的名声。可是那些最好的作家都有合约在手。其他作家，那些有写作意愿却不付诸行动的人，只是在露天咖啡座上与人辩论来打发时间，他们没完没了地谈论自己的下一部作品，却从不实实在在地在稿纸上写上一行。

1932 年夏末，卡哈纳到乡下度周末，把《北回归线》的书稿也带去了，想好好读一读。他在回忆往事时讲述说：

"吃过午饭，我就坐在桦树的阴影里开始读（……）待到读完，已是暮色苍茫，夜幕降临了。终于读完了！"我在心底小声说。我经手过不少手稿，可最可怕、最粗疮也最大气的，要数这一部。它文字华丽、描写失望非常深刻，深到不可探测的地步，人物的描写也很有趣味，还充满了幽默的快乐，从这几个方面来说，从前我收到的稿子，没有一部能够与之相比。回到家，我有一种得胜回朝的兴奋感，就好像一个人多年寻觅，终于碰到了他要的东西。我手上捧着的是一部天才之作，而且作者还提出要我将它出版。"

卡哈纳的合伙人塞尔旺是个贪心的粗人，想象不出还有别的办法让方尖碑赢利，就知道出色情甚至淫秽的长篇小说卖钱。卡哈纳的意愿是让大家把他当做一个可敬的文学出版商来接受，因而在出版上的方针策略与塞尔旺截然不同。"文学!"在塞尔旺看来,这两个字的意思是"看不懂,卖不掉"。乔伊斯的作品卖不动,这个事实只能让他更坚信自己的理论。而一个署名为亨利·米勒的陌生人写的长篇小说竟让卡哈纳这么来劲,也就只可能加重他的担忧与预感:他的合伙人又一次要出经济上冒险的书了!

一如蒙帕纳斯的所有外国移居者,卡哈纳把詹姆斯·乔伊斯当做偶像来崇拜。"上帝还好吗?"他习惯对希尔薇亚·比奇这么问一句。他虽然很欣赏《尤利西斯》,但一直把它看作一本色情的令人困惑的读物,这个年轻的女书商竟有魄力出版这样一部作品,总是令他觉得惊讶。另外他也怀着希望,想从她手上买下将来重版这部书的版权;不过希尔薇亚·比奇没有同意。让他聊以自慰的是,从希尔薇亚手上拿到了乔伊斯的《工作正在进行》和《一便士一首的诗》的节录本,可惜这两个小作品卖不动,成了方尖碑出版公司生意上的败绩。

乔伊斯是外国移居者中最有名的人,见到他委实不易,可是卡哈纳一心要结识他。确实,获得与《尤利西斯》的作者约见的机会,不会比获得教皇的接见更容易。要多次请求之后,希尔薇亚终于答应领他上艾德蒙-瓦朗丹街七号乔伊斯家拜访。在那里,卡哈纳非常激动,握着主人伸过来的纤弱小手,觉得自己都要晕倒了。乔伊斯也不摆架子,像高级神甫一样板着脸,向他介绍身边那些崇拜他的名流贵胄。好在乔伊斯的妻子诺拉快快活活地出来了,她爽朗地笑着,给客人们送上茶水和几款小糕点，让气氛变得轻松起来。几番寒暄之后，卡哈纳拉着比奇小姐走到一边，以极其尊敬的态度，把一张五万法郎的支票交给她，买下《无处不在的哈韦思·柴尔德》片段的出版权。当时乔伊斯正在写这部作品。

1934年2月，克利希的平静日子过完了。米勒回到瑟拉别墅十八号，在那里，二楼的一间工作室腾出来了。重返失去的天堂。再次搬回瑟拉别墅，米勒走完了一个循环。虽然方尖碑公司遇到的财务麻烦可能使作品面世之日推迟，但他的作品终于要出版了。大概是命中注定的巧合，他那部作品开篇就是这样一句："我住在博尔赫斯别墅……"

杰克·卡哈纳本想给作品加篇序言，但是亨利认为没有必要，提出加一句简单的话作为题铭就行了："作者的目的是提供一次勃起。"

米勒终于能够享有真正的作家名分了。从今以后他就是这部《北回归线》的作者了。吸引阿尔杜斯·赫克斯利、埃兹拉·庞德、马赛尔·杜尚、莱蒙·格诺和布莱兹·桑德拉等名流注意的《北回归线》。布莱兹·桑德拉读了这部小说激情大发，于12月15日下午三点来到瑟拉别墅，要认识小说的作者。两人用法语交谈，这正是桑德拉的意思。桑德拉对亨利说，要尽快推出《北回归线》的法文译本："您是我们的人，您的书完全适合法国人。精神、文笔、力量与才智，都适合法国人。您和所有能在书中表达对巴黎的个人看法的人一样，是大家都能接受的作家。"

桑德拉先跟他谈书中描写巴黎的篇页，再来评论有关性的文字，这点感动了亨利。他对阿娜依丝说心里话：他的直觉没有错，桑德拉是个"真正的男人。我期待的正是这样的人，期待他出现，来向我致意"。

桑德拉在《星球》杂志发表了一篇文章，以这种形式向他表示了敬意。文章是这样开头的："一个为我们而生的美国作家。最美的作品。残酷的作品。准确地说，我最喜欢的是作品的体裁。"从此，两位作家的书信往来始终没有中断，一直持续到1961年桑德拉去世。

当时巴黎有许多人正在相互探询一个无名作者的作品。这位作者（塞利纳）的《漫游在黑夜尽头》在1932年12月未得到龚古尔奖，却得到了泰奥弗拉斯特·勒诺多奖。有些人认为在《北回归线》里看到了塞利纳的影响，因为这位克利希诊所的医生，本名为路易－费迪南·德杜什的作家在法国文坛掀起了一场革命。其实这是站不住脚的。因为当时亨利还没有读过《漫游在黑夜尽头》。两位作家也许在巴黎晚报社遇到过，因为塞利纳曾去那里谈他的书，不过他们也有可能在克利希或者纽约见过面。

塞利纳评论《北回归线》说，这不是文学，而是原原本本的生活。这样说来，亨利·米勒更接近一个声称"我的笔蘸的不是墨水，而是生活"的桑德拉。

尽管《北回归线》的腰封上印有"本书不宜在橱窗陈列"的字样，蒙帕纳斯大街上的查恩书店还是于1943年11月将此书在橱窗陈列，并且打出"《北回归线》，作者：亨利·米勒"。书的护封上印了一幅图画：一只巨大的螃蟹在一个地球上爬行，

蟹钳夹着一个人。封面下方，印有明确的劝告：切勿带进大不
列颠或美国。

　　米勒要等到1961年七十岁的时候，才看到《北回归线》在
美国出版，并获得一百万读者。这个迟到的成绩，并非与淫秽
书官司无关。在米勒看来，写作从此再无限制。他声明："我将
写出任何男人都不敢言说的事情：他们赞成也罢，不赞成也罢，
不过我相信他们会赞成。"

　　战后，米勒经常重返巴黎，呼吸那些街道的空气。如今
《北回归线》已经被全世界各国文字译遍，可是这位从此走红的
作家，这位从前流落蒙帕纳斯的美国人，却忘不了那些穷困潦
倒的日子，也忘不了写作这部重要作品的艰辛与兴奋的时刻。

三十

从二十年代头几年开始，就有一些年轻的盎格鲁－撒克逊女子伴同流亡作家在塞纳河左岸安身。她们中有诗人、小说家、剧作家，组成了一个才华各异的艺术家群体。她们中有些人去报社当了记者，有些则创办了画报、杂志、出版社，甚至开办了印刷厂。

她们逃避祖国那种压迫与伤害人的清教主义氛围，来巴黎呼吸自由空气，规避性别歧视，远离一种贫乏的文化。

她们每人都将生机勃勃地展现一种崭新的文学，而且更加大胆。在奥代翁街自己小书店里做买卖的希尔薇亚·比奇，在巴黎附近田庄的旧马厩里经营自己印刷作坊的南希·康拉德，与先是把黑太阳出版公司办得红红火火并在丈夫去世后又把克罗斯比大陆出版公司办得兴旺的卡莱丝·克罗斯比，或者与《小评论》的两任毫不妥协的图书出版经理简·希普与玛格丽特·安德森一样有胆魄。

作家裴娜·巴恩斯、索利塔·索拉诺、布赖赫、弥娜·洛亚、凯·波义耳、卡特琳娜·安娜·波尔特的生气勃勃的文章也对这种盎格鲁－撒克逊文学的更新有所贡献。贝尔尼丝·阿波特和吉塞尔·弗勒恩德在一些不朽的照片里给我们揭示了其青春靓丽的面貌。

从 1925 年起，贾内特·弗拉纳就开始每月给《纽约客》写一封《巴黎来鸿》，一写就是半个世纪。她尽力在信里叙述在巴黎这个"万国之都"的日常生活中的社会小新闻或是轰动一时的事件。

当时画报主编哈罗德·罗斯认为看出了美法之间在文化上的一些相似性。他要求贾内特·弗拉纳致力于为读者描写那些在巴黎短暂逗留的美国游客并不了解的巴黎人，以及居住在蒙帕纳斯自食其力的众多流亡者的生活方式。

这种书信体裁的叙述当然不是什么新生事物。早在 1822 年，英语期刊《巴黎每月评论》就曾要司汤达给其订户写《巴黎来信》。《巴马修道院》的作者拥有百分之百的表达自由，赶忙就与读者聊起了他最喜欢的题材——歌剧大师罗西尼、悲剧大师拉辛、戏剧大师莎士比亚，不过也说了他对政府、制度、公务人员和某些作家的不满。他认为那些作家的名气是骗取的，称他们为江湖骗子、地痞无赖。

作为《芝加哥 DIAL》驻巴黎的通讯员，埃兹拉·庞德为该刊撰写过一些《巴黎来信》。他在信中说，他很高兴离开伦敦来到塞纳河两岸，以便夸赞这里敢于挑战和革新的艺术家，夸赞这里摆脱了"愚昧，一扫被视为神圣不可改变的畏缩状态"的艺术家。

1923 年到 1929 年，保尔·莫朗接替庞德为《芝加哥 DIAL》撰写《巴黎来信》。他向芝加哥的读者讲述法国首都文化生活的标志性事件：俄罗斯芭蕾舞团的创立，装饰艺术展的开幕，朱利安·格林早期作品朗诵会及剧院的彩排、各种展出和音乐会，有时也讲讲他这个巴黎铁杆儿享乐主义者在城里看到的偷闲情形。

应《新周刊》之请，瓦莱里·拉尔博从 1914 年 3 月 14 日起，每周也从巴黎给这家报刊寄封信。第一次世界大战爆发中断了他与该刊的合作。

贾内特·弗拉纳的书信讲述了众多名人的生活，也提到了许多事件。有许多新信息是直接从源头采集的。她并不通过这些书信表达自己的诉求，也不像司汤达那样用它们来发泄某种怨气，她只是用这些书信来描述巴黎的文学生活，描述影响法国精神生活的各种运动。巴黎总是这些书信的主题。贾内特·弗拉纳到处受欢迎，人们邀请她听音乐会、观歌剧、参加时装表演、看赛马、出席舞会、光临艺展开幕式或者出席茶话会，她是这些场合的贵客嘉宾。这些表演活动给她的记者工作提供了素材，而她的书信常常显现出一种真正的写作才华。

对于了解和研究外国艺术家在巴黎的生活，以及盎格鲁－撒克逊女性在巴黎文学界的地位，这些《巴黎来信》是价值巨大的见证实录。问题在于要让那些在地理上与心理上都离巴黎和巴黎人很远的美国读者读得懂，在于不单是为自己所在的社会和精神阶层而写，而是为希望受过足够教育、聪敏好奇、能够抓住一个居住在欧洲的美国女人投向巴黎的新颖目光的最广大读者而写。贾内特·弗拉纳带着敏锐的观察意识，努力描述那些足够称为名人的人物的公共生活与私生活，以吸引读者。她以百分之百的中立态度，讲述他们的所作所为、言谈举止，不做解释，也不加分析，只做一个专注的见证人。

1929 年 5 月，她同意接受《小评论》的专访。她说出心里话：她曾希望做个作家，像劳伦斯·斯特恩（Lawrence Sterne），或者勃朗蒂姐妹（Soeurs Bront?）中的某个那样的作家。在现代作家当中，她的榜样就是她的亲密朋友海明威。她欣赏海明威从事写作的那份认真劲。

当威廉·肖恩①打算将她在 1925—1940 年期间的大部分来信结集出版时，她劝他打消这个计划：

"这些书信有重大的谬误与遗漏，只配给没文化的人读，因为它们漏掉了一些大作家的作品。在今天的美国读者眼里，那些人是法国的第一流作家；不管已故还是健在，都成了名人，是大西洋彼岸文化舞台上的重要角色。在那些书信里，我没有提纪德和纪德的作品，没有提加缪和他的《局外人》或《鼠疫》，没有提萨特和他的《存在与虚无》……只是用一些昙花一现的无聊小事来糟蹋我们的版面。1966 年的智慧而充满激情的读者读了那些东西，没准会恶心。"

贾内特·弗拉纳虽然对自己的文章要求严格，指出了它们

---

① 据说曾任过《纽约客》杂志社的社长。——原注

的问题所在，但她当时也是别无选择，只能同意在《巴黎来信》里谈一些转瞬即逝的印象，因为这是《纽约客》的负责人规定的任务。

一个无心的嘲讽：哈罗德·罗斯决定用假名来发表贾内特·弗拉纳的《巴黎来信》。他选用了"GENET"这个词，以为把JANET这个英文人名译成了法文①。

裘娜·巴恩斯（Djuna Barnes）是住在格林威治村的外国流亡者之一，以个性尖刻与相貌美丽出名。在巴黎，这个村庄的外国流亡者构成了麦卡尔蒙一伙。裘娜大部分时间，都是穿着从佩吉·古更海姆（Peggy Guggenheim）那里接过来的长披风，在蒙帕纳斯大街的各家咖啡馆，如圆顶咖啡屋和圆屋咖啡馆露天座，或库波尔酒吧及花神咖啡馆度过的。她经常来这些场所"去美国化"，在圣日耳曼草地胡思乱想。尽管她曾表示浪费了时间，可仍旧趴在雅各街英国旅馆的床铺上写个不停，就和埃迪思·华顿一样。在瓦莱娜街，离她几链远②，埃迪思也是趴在床上写个不停。不过埃迪思这位作者的书，她不怎么欣赏。作为画家，裘娜也给自己的作品画些插图。她的作品有诗、剧本、随笔、长篇和中短篇小说，还有一些报刊文章和戏剧评论。

她最有名的长篇《夜森林》，由 T. S. 艾略特作序，吸引了

---

① 法文 GENET 与英文 JANET 读音相近，意为一种矮小而结实的马。——译注

② 一链为二百米。——译注

二十年代的文化前卫。艾略特热情地推荐大学生阅读这部作品。

裘娜与许多女人有来往，她们大多尊重她的私生活，对她与巴黎某些女性圈子保持的关系，她们只是冷眼旁观，并不干涉。

她与流亡者不大来往。在那些人当中，她的美貌与个性妨碍了她的作家身份。人们有时偶然拿她与詹姆斯·乔伊斯作比。詹姆斯·乔伊斯敬重她的才华，向她表示了友情。除了乔伊斯的妻子诺拉，裘娜是唯一称他为吉姆的女人。这种亲近的关系给不止一个人留下了深刻印象，迫使他们改变了对她作品的评价。裘娜因为性格内向而被人认为高傲，有时被描写成一个冷漠而庸俗，但具有男性才智的女同性恋者。庞德在一次诱惑的尝试之后，认为她名不副实，觉得她的作品充满了"对男性的恐惧"。也许他是厌烦这部"由一个时髦女郎写作并插图的《女性年鉴》"？书中的人物虽然乔装改扮，隐姓匿名，但是每个人都从中认出了裘娜的那些漂亮女友。正如她长篇小说里面的人物，都是从她私人生活中搬来的。他们中有些人显示了一种模糊的性征，也揭示了黑夜与地下的巴黎一个靠毒品与酒精来刺激的世界。

裘娜于1931年离开巴黎，到欧洲旅行，在纽约与伦敦住了一段时间之后，又于1937年再赴巴黎，来卖掉自己在圣罗马街的那套房子。

在文学创作手法上，裘娜与乔伊斯有些相似之处，因此她被看作乔伊斯派的重要作家。但是她和格楚德·斯泰因一样，并没有遭受猛烈的嘲骂，她的作品也没有为同胞所轻视。她渐渐地脱离世界，远离爱情与文学的束缚，在贫困中结束了一生。1982 年 5 月，她在纽约去世，时年九十岁。

还是在宾夕法尼亚大学读书的时候，在一个万圣节的化装晚会上，埃兹拉·庞德遇到了希尔达·杜利特尔，一个十五岁的女中学生。那晚庞德并非没有被人注意。当时这个小伙子穿着前一次旅行时购买的绿斗篷，眼睛炯炯有神，头发染成古怪的黄铜色，年轻姑娘看了一怔，就像遭了电击。威廉·卡洛斯·威廉斯当时说，遇到庞德，她就像是从"耶稣诞生前跨到了耶稣诞生后"。他们一起去乡间漫步，两人徜徉在田垄阡陌之间，心底油然生出纯朴而美妙的爱情。希尔达的兄长在乡间一棵树上搭了个小窝棚，那里就成了他们的庇护所。对希尔达来说，初恋的拥抱是一种令人震惊的经验，这个迷恋诗歌的女大学生接受了男友伴的原则。埃兹拉·庞德已经把自己看作现代主义流派的掌门人。

在埃兹拉看来，希尔达是保护他的林中美少女。他鼓励她保持身上的野性。一如所有的恋人，他给她寄去一些诗，后来他把这些诗收在《希尔达之书》里。这些诗受到拉斐尔前派诗人，如罗塞蒂、莫里斯和一些别的诗人的影响，表达得更多的是激情，而不是表白自己的爱意。

威廉·卡洛斯·威廉斯觉得希尔达可笑，竟要把自己的一生都献给埃兹拉。正如人们所见，希尔达后来虽然与布莱赫保持了一种诗人之爱的友谊，但从未对别人产生过像对埃兹拉·庞德那样的深情。布莱赫嫁与麦卡尔蒙之后，两个女人一起做的多次旅游从未让她忘记在意大利拉帕洛城的流亡者。盟军在意大利获胜之后，可怜的埃兹拉因为与意大利法西斯的倒霉合作而被收监，并在囚禁期间糟蹋自己的光荣，毁弃自己的名声。是希尔达第一个赶来救他。

三十一

　　美国威斯康星州的诗人兼小说家弗雷德里克・普洛柯斯[①]像威廉・伯德一样是豪华版本的印刷商，像纳博柯夫一样收集蝴蝶标本，像格拉汉姆一样是个秘密特工，像海明威一样喜欢打网球，他于1938年在勒阿弗尔港走下贝伦加里亚号邮轮，来巴黎过暑假。他要在这里参观卢浮宫、巴黎圣母院、埃菲尔铁塔和凯旋门，也想拜访格楚德・斯泰因和詹姆斯・乔伊斯这两座盎格鲁－撒克逊流亡文学的丰碑。他的旅伴虽然欣赏《伊坦・弗洛美》，但还是劝他打消了拜访此书作者埃迪思・华顿的念头，说此人在巴黎被看作"尘封的过气的寡头群体"成员。

　　虽然有志在昆虫学界做出点名堂，但普洛柯斯在与同仁对话时却是一个真正的人类学家。他细心周到，舍得寻访线索，

[①]　Frederic Prokosch, 1908—1989, 小说《夜里的声音》的作者。——原注

描写人物，把人物安在他所熟悉的环境，并在需要时以质朴真率的语言，发自肺腑地、表达自如地揭示他的癖好，揭露他的矛盾。

他怀有一个很大的心愿，就是登门拜访格楚德·斯泰因这个偶像。到了这一天，他走进弗勒吕斯街二十七号这幢大楼，轻轻地然而坚定地扯动象牙门铃柄。"她坐在长毛绒的圈椅上，两膝分得很开，看上去比我预想的要矮小（我原以为她是个大个子）。她的嗓音不亮，但声调并不吓人。确实，她举手投足间自有一种高雅的意味。皮肤虽然粗糙，布满皱纹，像登山运动员，但很有教养，神态柔婉娴静。"

谈话顺着西班牙之行展开；普洛柯斯刚从那里回来，当时阿莉丝·托克拉斯不停地说恨死了西班牙，格楚德接话说，她在那里看过戈雅的画，觉得很好，格里柯的画不止是过得去，牟利罗和苏巴朗的画则让她没有感觉。

"比起马霍卡来，您更喜欢巴黎?"他出其不意地向她提出这么个问题。

她回答说："巴黎当然有超过别的城市的地方，不过它的魅力太特别了。"她还悄悄告诉他，阿莉丝认为那些公共小便池是多余的，觉得建那些东西可惜。格楚德说她曾向这位女伴解释，巴黎人好喝葡萄酒，都是酒桶，而男人的尿脬小，不像女人能憋。她说她倒是习惯了那些建筑，她强调："在法国，你得适应小便池的香气。我是说香气，不过这是婉转的说法。"

她跟他说起1903年随兄弟利奥一起来巴黎的情形。她说一开始很想家，可后来慢慢就淡了，她在美国有些朋友，不时地给他们写写信；她还说她长时间保留了美国的饮食习惯。最后她说："这些习惯都是与生俱来的，除非是疯了才会改变它们。一个美国人，适应了这里的小便池，吃惯了这里的冰淇淋，习惯了这里的贪婪，可睡着了却永远是美国人，你什么都白干了，你作为一个美国人是变不了的。"

她还加上一句："纵是阿莉丝这个四处漂泊的女人，骨子里也是个美国人，只不过是以她的方式罢了。"

普洛柯斯认真观察格楚德·斯泰因，注意到她左眼比右眼小，甚至有点凶，和毕加索画的那幅肖像一样。

她似乎看出了普洛柯斯的心思，对他说："我真像毕加索画的那幅肖像？"又接着说，"一幅精彩的毕加索，《持扇的女人》被我卖掉了。这幅画的钱拿来办了我们的大潮出版社。"

"斯泰因小姐，您有明确的哲学吗？"普洛柯斯问道。

"一个作家永远应该尝试形成自己的哲学；除此之外，也许还要有点心理学以及所有别的五花八门的学问。否则他就不是名副其实的作家。我的哲学与康德、叔本华、柏拉图和斯宾诺莎是一致的。在哲学上，有这些就完全够了。"

她跟他说心里话，说哲学与文体不是一回事，说当今之世，文体是最起码的要求。她承认普鲁斯特有文体。但是他在生病期间退步了。她尤其不愿听人说乔伊斯有文体。在她看来，玩弄名词、动词并不是文体，正如玩弄观念并不是哲学。她同意，对某些作家来说，宁可没有文体，也好过庸俗的文笔。照她的理解，应该结束那种老套的叙事方式，因为事不再是从前那种有开头、结尾的事。"我觉得，"她总结说，"没有开头结尾，文体就与人不相雷同了。"

她的女伴对普洛柯斯解释，格楚德·斯泰因有种非常有个性的方式，就是看似漫不经心，其实在讲述故事。她的文体节奏把一些时刻编织在一起，通过这些时刻的累积，人物特征也就框出来了。她的句子之所以不加标点，是为了要让一种节奏的存在延续下去。

普洛柯斯回忆说："她的声音继续嗡嗡响着，无终亦无始，世界像拼图板的碎片一样凑在一起。"

她带着一丝好奇，一种怪异的微笑，直视对方的眼睛，似乎想在里面发现一种更新更柔的文体。她摇摇头，一副幻灭的神气。这时阿莉丝拉下窗帘，宽大的画室顿时暗下来，似乎两个小伙子应该离开了。

在巴黎的五周耗尽了他们的积蓄，两伙伴在摩尔塔尼亚号上订了座，准备回美国、上哈佛，行前小心地在箱子里塞了一幅《蒙娜丽莎》的复制品和一册《失踪的阿尔贝蒂娜》。

"我给希尔薇亚·比奇打了电话，"普洛柯斯对朋友说，"他今天会来喝茶。"

陌生人是不许参加这个仪式的，不过两个大学生心想，他们可以溜进书店，一睹他的风采。下午四点，他们来到奥代翁街十二号的莎士比亚及其伙伴书局，在书架间闲逛，贪婪地盯着墙上乔伊斯、庞德、劳伦斯……的照片。希尔薇亚穿着粗呢上衣，挺着一张"沉着而坚毅的面庞，颌骨是希腊型的，眼睛则是钢蓝色的"。"他来了吗?"两个小伙子问。希尔薇亚冷冰冰地答道："还没来。"说完，又加上一句，"她不能肯定他会来。"当他们浏览一些杂志时，门轻轻地响了一声；书店里顿时安静下来。希尔薇亚把"怪僻的天才"领到隔壁办公室。两个朋友悄悄地走过去，想听听这位大作家在说些什么。可是他们只听见一阵低语，还有茶杯拿起放下的声音。接着希尔薇亚介绍《尤利西斯》的销售情况。乔伊斯以一种心不在焉的声音，称赞她茶叶选得好，并问："这茶叶怎么称呼？大吉岭？""拉普山小种。"希尔薇亚回答，并具体告诉他是在赫迪亚尔食品店买的。接下来，由于他表示喜欢吃这里的奶油李子馅饼，希尔薇亚又告诉他是在伦佩尔梅耶食品店买的。在巴黎，这两家商店被看作价格昂贵的美食店，希尔薇亚报出它们的名字，是想提高她的邀请的身价，还是想向作家显示她的高雅？

希尔薇亚从门缝里看见两个小伙子守在外面，便请他们进来，嘲弄似的对他们说："你们知道，他不咬人！"他们踮着脚尖走进来，眼睛一直盯着那位"大革新家"。乔伊斯神情冷淡，似乎没有看见他们，眼睛一直盯着茶杯，抬都没抬。普洛柯斯觉得乔伊斯干瘦的脖子上扎根圆点子花的蝴蝶结，看起来就像个劳累过度的乡村医生。他的身子显得单薄，被马甲绷着，似乎紧了点。他两只外翻的膝头间夹着那根著名的白藤木手杖，一手扶着杖柄。他的下巴尖削、上翘，鼻子像鹰喙，整个人都有点尖头尖脑。他一只手上箍着两枚硕大的金戒指，有病的左眼上蒙着纱布缚料。他小口小口地啜饮着茶水，很有点落拓不羁的花花公子味道。

希尔薇亚端来两杯茶，让两个朋友坐下。大家都不说话，室内一片寂静，只有乔伊斯摇着头小声抱怨的声音才打破难堪的沉默。

这时普洛柯斯的朋友彬彬有礼地问道："乔伊斯先生，请告诉我们，您是以某个活人为原型来描写巴克·莫利甘的吗？"

"尽管民众有这种误解，但我的长篇小说没一部是根据真人真事写的。只有那些业余爱好者，才根据真人原型写人物。米考伯先生不是照着查理·狄更斯父亲的模样写的，夏尔吕男爵也不是某个著名鸡奸者的画像。"

说"鸡奸者"这个词时，他微微一笑，然后又端起茶杯，嘟嘟囔囔地说，他不应该喝茶，因为妻子诺拉告诉他，喝茶会引起便秘；英国人都便秘，原因就是他们喝下的千百杯茶。他吞下一根奶油糖面小糕点，舔舔指尖，又加上一句，他不应该吃这种东西，因为诺拉告诉他，这种糕点会让人胀气。他用那只好眼睛仔细观察普洛柯斯，发现这位交谈者听了这番有关健康的宏论，露出一副明白了的神气，于是决定把胀气的话讲到这里打止，丢过来一句话："你是急着向我提问吧？来吧。"

普洛柯斯出其地冒出一句："弗吉尼亚·伍尔芙，您怎么看？"

"我完全同意你的看法，这是个给人深刻印象的名字。"他微笑着回答，"她嫁给那位狼①丈夫，图的就是改变姓氏。一个前卫派女作家，叫弗吉尼亚·斯蒂芬这个姓名不适合。有朝一

---

① WOLF，与弗吉尼亚的夫姓WOOLF同音。——译注

日，我会写一本阐述什么人适合什么姓名的书。杰弗利·乔叟[1]像应该的那样，使一种声音变得淫荡；亚历山大·蒲柏[2]只可能叫亚历山大·蒲柏。柯雷·西贝[3]是个小傻瓜，不会很风雅；至于雪莱[4]既叫珀西，又叫比西。"

普洛柯斯壮起胆子问乔伊斯是否认为弗吉尼亚·伍尔芙具有控制意识流动的本领，没想到竟招来一个怨毒的眼神和一脸愠怒的神色："你这话是什么意思？"

"这不是莫利·布洛姆最后那段独白吗？"普洛柯斯胆怯地问。

"莫利·布洛姆是个脚踏实地的妇女。"乔伊斯带点威胁的口气回答，"她绝不会让自己去碰意识流那类高雅玩意。"

接着，他余怒未消，对普洛柯斯说，他一听见"意识流"这个词，就想到小便，而不是现代长篇小说。他告诉普洛柯斯，莎士比亚经常用意识流——以他的见解，莎士比亚用得太多了——但实际上意识流是不存在的，他认为存在的只是一片意识的迷雾。此外，乔伊斯觉得这种表述很丑恶。可怜的年轻人受了侮辱，痛苦地朝乔伊斯望了一眼，在他那只独眼里发现了一丝同病相怜之光，"就像空荡荡的礼拜堂里的一道烛光"。那一刻，普洛柯斯讲述说，他觉得自己是单独与乔伊斯待在一间

---

① Geoffrey Chaucer, 1340—1400, 英国第一位现实主义作家，《坎特伯雷故事集》的作者。——原注

② Alexander Pope, 1688—1744, 英国诗人、散文作家，十二岁就写出了《孤独颂》，编写了《爱洛绮丝与阿伯拉书简》。——原注

③ Colley Cibber，1671—1757，英国剧作家、演员。有剧本《想要又不要》、《无忧丈夫》。——原注

④ Percy Bysshe Shelley, 1792—1822, 英国诗人。

房间里，待在迷茫的世界上。

"次日，太阳勉强升起来。我们在雅各街闲逛，并朝圣日耳曼大马路走去。在那个时代，巴黎的物价非常便宜。我们在伏尔泰沿河马路租的房间，一天才一美元。在花神咖啡馆，一瓶仙山露才要十美分，而且含服务费。我们在露天座吸高卢牌香烟，看着来来往往的行人。"普洛柯斯惊奇地注意到，有些街道是用作家的名字来命名的：维克多·雨果林荫道，保尔·瓦莱里街，于是希望有朝一日巴黎也会有条马塞尔·普鲁斯特大街。不过，虽然巴黎没有用《追忆似水年华》的作者来命名的大街，但在十六区却有一条街是用他来命名的，还有沿着香榭丽舍，从玛里涅林荫道通往协和广场的一条小弄，也是用他的名字来命名的。那是少年马塞尔·普鲁斯特与孩时的恋人吉贝特·斯万经常玩游戏的地方。

其实巴黎市一直在纪念诗人和作家，十九世纪的作家，如司汤达、大仲马、福楼拜、左拉、波德莱尔、魏尔伦、巴尔扎克、龚古尔兄弟、都德等，还有别的名人，都有以他们名字命名的街道，二十世纪的诗人和作家，如阿波里奈尔、阿拉贡、克洛岱尔、桑德拉、艾吕雅、柯莱特、纪德、法尔格、贝尔纳诺，也都有以他们姓名命名的林荫道、街巷、广场和花园，萨特和波伏瓦死后在圣日耳曼草地教堂附近得到结合……要是《夜之声》的作者有知，一定会感到欣慰。

除了萧伯纳、詹姆斯·乔伊斯、欧内斯特·海明威，没有几个盎格鲁－撒克逊作家享有这种特权。

不过铭记光荣的街道是不会忘记埃兹拉·庞德、奥斯卡·王尔德、格楚德·斯泰因、萨缪尔·贝凯特等大家的……法国首都市政官只是感到遴选的为难罢了。

（京权）图字：01-2010-0424
图书在版编目（CIP）数据

蒙帕纳斯的流亡者／（法）让-保尔·卡拉卡拉著；管筱明译．—北京：作家出版社，2010.3
　　ISBN 978-7-5063-5268-0

Ⅰ.①蒙… Ⅱ.①卡…②管… Ⅲ.①随笔-作品集-法国-现代
Ⅳ.①I565.65

中国版本图书馆CIP数据核字（2010）第034161号

JEAN-PAUL CARACALLA: LES EXILES DE MONTPARNASSE
©EDITIONS GALLIMARD, 2006.
策划：猎文文化发展有限公司

H
Chasse Litté　　Centre du Livre Etranger des Editions Mer-Ciel

蒙帕纳斯的流亡者

作者：（法）让-保尔·卡拉卡拉
译者：管筱明
责任编辑：翟婧婧
封面设计：视觉共振设计工作室
出版发行：作家出版社
社址：北京农展馆南里10号　　　**邮码：**100125
电话传真：86-10-65930756（出版发行部）
　　　　　　86-10-65004079（总编室）
　　　　　　86-10-65015116（邮购部）
E-mail: zuojia@zuojia.net.cn
http://www.zuojia.net.cn
印刷：北京明月印务有限责任公司
成品尺寸：140×203
字数：120千
印张：8
版次：2010年3月第1版
印次：2010年3月第1次印刷
ISBN 978-7-5063-5268-0
定价：28.00元